DREAMBOOKS

마탑의 사서

양인산 판타지 장편소설

ORIGINAL FANTASY STORY & ADVENTURE

dream
books
드림북스

마탑의 사서 8

초판 1쇄 인쇄 2017년 7월 14일
초판 1쇄 발행 2017년 7월 24일

지은이 양인산
발행인 오영배
기획 박성인
책임편집 황지회
일러스트 MJ
제작 조하늬

펴낸곳 (주)삼양출판사 · 드림북스
주소 서울시 강북구 도봉로 173
대표 전화 02-980-2112 **팩스** 02-983-0660
편집부 전화 02-980-2116 **팩스** 02-983-8201
블로그 blog.naver.com/dreambookss
출판등록 1999년 3월 11일 제9-00046호

ISBN 979-11-283-9136-1 (04810) / 979-11-313-0442-6 (세트)

드림북스는 (주)삼양출판사의 판타지 · 무협 문학 브랜드입니다.

ORIGINAL FANTASY STORY & ADVENTURE
양인산 판타지 장편소설
마탑의 사서
8
dream books
드림북스

목 차

Chapter 01

황제의 실종

가벨 황제를 '황제'로 칭해도 되는지에 대해서
는 당시에도 말이 많았다. 그가 권좌에 오르긴 했
으나, 아루스 황제가 혁명에 성공하였으니 그를 황
제라 칭하면 안 된다는 주장이 제기되었던 것이다.
그러나 아루스 황제는 가벨을 선대 황제로 칭하라
명했다. 다른 이도 아닌 아루스 황제가 그리 명한
이유에 대해서는 불분명하지만, 학자들은 아루스
황제가 형님에게 최대한의 예우를 표하는 것이라
추측하고 있다.

　　—역사학자 가르펠 레시아의 『사라진 황제의 논

문』中 발췌—

*　　　*　　　*

아루스의 즉위식이 끝나고 3일 후, 발렌은 다시 세인브리트 마탑에서 일할 수 있게 되었다.

"너도 참 대단하구나. 말도 없이 사라지고 말이야. 내가 너 때문에 얼마나 고생한 줄 알아?"

"죄송합니다, 관장님."

"나에게 말하고 갈 상황이 아니었다는 건 알겠지만, 그렇게 마음대로 해서 되겠어?"

"죄송합니다."

도서관에 복직하게 되면서 발렌은 제이프에게 잔소리를 들어야 했다. 발렌은 계속 죄송하다고 연신 사과했다. 발렌의 부재 때문에 제이프가 그동안 발렌이 봐야 할 업무와 두 달에 한 번 있는 대청소를 혼자 도맡아 했기 때문이다. 그 고생은 이루 말할 수 없었을 것이다.

발렌에게는 다행이게도 제이프는 그간 새로운 사서를 뽑지 않았다. 아니, 뽑고 싶어도 뽑을 수 없었다는 것이 맞을 것이다.

탑주가 그간 지하 감옥에서 고초를 겪느라 사실상 마탑

의 업무는 거의 마비되다시피 했었다. 부탑주가 대신 업무를 봤지만, 마탑을 운영하는 것만으로도 벅차 했다. 혹시 조력자가 더 없는지 황실에서 감사관들이 샅샅이 조사하느라 마탑 운영이 제대로 될 리 만무했다. 안 좋은 일이지만 발렌에게는 다행인 일이었다.

그렇게 한참 혼나고 난 후, 제이프와 다시 일을 하는 발렌. 책꽂이의 책을 정리하는데, 제이프가 말을 걸었다.

"소식은 들었다. 귀족이 되었다고? 네가 영주라고 했나? 영주가 여기에 있으면 안 되는 거 아니야?"

"영주라고는 해도 제 어머니와 가신들이 영지를 운영해 줄 거예요. 전 영지를 어떻게 운영하는지 잘 모르니까요. 사서로 일하면서 차차 배워 나가야죠."

도서관 내에 영지 운영에 도움이 될 만한 책도 한가득 있으니 미래를 위해서 미리 공부해 두면 좋을 것이다. 그의 얘기를 듣고 제이프가 한숨을 내쉬었다.

"부럽다. 가만히 숨만 쉬어도 돈이 들어올 테니까. 사서 일은 그저 취미로 해도 될 테고 말이지."

"……."

제이프의 말에 발렌은 머리를 긁적였다. 예나 지금이나 사서로 일하는 것은 그가 좋아서 하는 것이다. 늘 취미로 생각했으니 딱히 변한 점은 없는 것 같았다.

그러나 이제 영주가 된 만큼 돈이 궁한 상황은 드물다고 볼 수 있었다.

디 마이셀. 이 나라에서 사라졌던 성씨가 발렌으로 하여금 다시 생겨났다. 시이나…… 아니, 샤란은 메튜와 상의하여 아올란 마을의 잡화점을 정리하고 마이셀 영지로 향하기로 했다. 아마 지금쯤 아올란 마을에 도착해 잡화점을 정리할 것이고, 일주일 내로 마이셀 영지로 향할 것이다.

'문제는 내 가신이 된 자작들인데…….'

그들과 대면하게 되는 것은 어쩔 수 없는 문제다. 샤란이 마이셀 영지에 도착하게 되면 당연히 그들과 마주하게 될 것이다.

어떻게 될지 도무지 상상이 가지 않는다. 그들이 만났을 때의 어색한 분위기는 상상이 가지만, 그 분위기를 어떻게 해결할지는 상상조차 하지 못하겠다.

'일단 말씀드려 놓기는 했는데…….'

그들이 자신에게 충성을 맹세하고 죽음을 각오하며 자신을 도왔다는 것을 어머니에게 말해 두기는 했지만, 그녀의 원한은 사라지지 않을지도 모른다. 발렌 입장에서 그들은 버릴 수 없는 자들이다. 자신을 위해 중대한 일에 도움을 준 것은 사실이고, 함께 있으면서 자신에게 진심으로 충심을 보였으니까. 과거에 배신을 하기는 했으나, 이제는 믿을 만한 자들이었다.

'그 일은 어머니와 자작들이 알아서 풀어야 할 문제니까.'

모든 것은 그들의 일이다. 여기에 발렌이 간섭할 수 없는 노릇이다. 그들도 뿌린 대로 거두는 것이니 각오가 되어 있으리라.

"참, 소피 아주머니가 너 행방불명돼서 걱정 많이 하셨다. 지금이야 네가 공을 세웠다고 소문이 쫙 퍼졌으니 안심하셨지만, 식당에 도착했을 때 사과드려라."

"예, 물론이죠. 모두에게 사과드려야죠. 그리고 소피 아주머니 음식도 그리웠었어요. 남김없이 먹어야죠."

발렌은 벌써부터 점심을 먹을 기대로 부풀어 올랐다. 그가 기대를 하자 제이프가 걱정스레 물었다.

"괜찮겠냐?"

"예? 음식 먹는 걸로 뭐가 어때서요? 야전에서 육포나 딱딱한 빵, 묽은 수프를 먹는 것보다는 훨씬 낫죠!"

"오늘 점심은 감자 요리다. 한 번 내뱉은 말은 주워 담을 수 없는 거 알지?"

"……."

감자 요리라는 말에 발렌이 흠칫 놀랐다. 제이프의 표정을 보니 농담하는 표정은 아닌 것 같았다. 제아무리 맛없는 음식을 오랫동안 먹었다고는 하지만 소피 아주머니의 감자 요리만큼은 발렌도 거절하고 싶은 것이 사실이었다. 그러나 발렌은 약간의 희망을 품고 있었다.

"관장님, 제가 없는 동안 소피 아주머니의 감자 요리 실력이 느셨죠?"

"당연한 걸 가지고."

그 말에 안도하는 발렌. 그러나 제이프가 씩 웃었다.

"소피 아주머니의 감자 요리 실력이 어디 가겠니?"

"……."

희미하게나마 존재하던 희망이 산산이 부서지고야 말았다.

"발렌, 안에 있어?"

도서관 입구가 활짝 열렸다. 시끄럽게 경첩이 울렸다. 발렌을 찾아온 사람은 이바나였다.

"이바나 씨, 지금 일과 시간 아니에요?"

"몰래 도망쳐 나왔어."

당당하게 땡땡이 쳤다고 말하는 이바나. 발렌이 기가 막힌 얼굴로 그녀를 바라보았다. 제이프의 표정도 별반 다를 바 없었다.

이바나가 의자를 끌어 앉으며 말했다.

"일 바빠?"

"바쁘다고 해도 여기 있을 거잖아요."

"그렇긴 하지. 잠시 앉을게."

"이미 앉으셨으면서 빨리도 말씀하시네요."

이바나는 너무 답답하게 굴지 말라며 장난스럽게 웃었다. 이바나를 바라보는 제이프의 표정은 마치 '저 아가씨는 전혀 변한 게 없구나.' 라고 말하는 것 같았다.

"할 일 있어?"

"아뇨, 거의 다 끝났어요."

새로 들어온 책도 없고, 정리는 이미 다 되어 있다. 이제 누가 책을 대여해 갔는지, 책이 분실되었는지 확인하면 끝이었다.

"넌 참 하는 일 없구나?"

"그거 굉장히 실례되는 말이거든요. 업무가 많지 않을 뿐이지, 바쁠 때는 눈코 뜰 새 없이 바빠요."

발렌과 이바나가 잡담을 나누는 모습을 바라보던 제이프가 잔소리했다.

"아무리 사람이 없다고는 해도 여긴 도서관이다. 외부인과 대화를 하려거든 하다못해 테라스로 나가서 하렴."

제이프에게 잔소리를 듣고서 발렌이 죄송하다 말하며 그녀를 이끌고 2층 테라스로 나갔다. 포근해진 날씨에 활짝 핀 꽃의 향기가 코에 스며 들어왔다.

"전 방금 전 관장님께 잔소리 엄청 들었는데, 이바나 씨는요?"

"할아버지는 아무 말도 안 하시더라."

"다행인 건가요?"

이바나가 고개를 저었다.

"아니, 오히려 아무 말도 안 하니까 더 무서워. 혼내면 그걸로 끝인데, 잔소리도 안 하고 내게 간섭도 안 하니까 그게 더 겁나."

발렌이 이해한다는 듯 고개를 주억였다. 그도 레딘이 습격자로 나타났을 때, 일을 해결하고자 슬립 마법으로 엘리즈를 재우고 나중에 그녀에게 혼났을 때 그랬으니까.

"탑주님도 그간 밀린 업무를 보고 계시느라 바빠서 그런 게 아닐까요?"

발렌과 이바나, 엘리즈는 탑주가 그간 지하 감옥에 갇혀 있었다는 소식을 나중에 알게 되었다. 자신들의 행방에 혼선을 주며 시간을 끌다가 가벨에게 걸린 것이기에 죄책감도 들었다.

현재 탑주는 집무실에서 그간 하지 못한 업무를 보느라 매우 바빴다.

"정말 그랬으면 좋겠다. 이대로 그냥 넘어갔으면 좋겠어."

이바나가 한숨을 내쉬며 난간 위에 등을 기대고 고개를 하늘로 향했다.

"그러고 보니 너, 언제까지 나한테 존댓말 쓸 거야?"

"예?"

뜬금없이 그게 무슨 말이냐는 듯 바라보는 발렌. 이바나가 손가락으로 자신의 머리카락을 빙글빙글 돌리며 말했다.

"이제 너도 귀족이잖아. 그것도 백작. 작위로 따지면 내가 너한테 존댓말을 하고, 네가 나한테 반말해야 해."

엘로이 가문이 드높은 가문인 것은 맞지만, 이바나가 작위를 가진 건 아니다. 작위를 가진 것은 오히려 발렌이니 그녀에게 반말을 해도 지적할 사람은 없었다.

"음…… 그런 거군요."

"이제 귀족이 되었으면 그런 건 좀 확실하게 해 둬야 하는 거 아냐?"

발렌은 어깨를 으쓱였다. 처음부터 귀족으로 태어났으면 모를까, 갑자기 귀족이 되었으니 그런 것을 하라고 해도 잘 못할 수밖에 없다.

"그래도 그 드높은 엘로이 가문의 영애에게 반말하면 좀 그렇지 않나요?"

"황녀인 리즈한테는 마음 놓고 반말하면서, 말은 잘해."

말이 그렇게 되는 거였다. 확실히…… 발렌은 엘리즈와 친구가 되면서 반말을 하게 되었다. 그런데 이바나와는 알게 된 지도 꽤 됐는데, 존댓말을 쓰고 있다. 그 괴리가 확실히 있기는 하다.

"뭐, 급할 거 있나요. 나중에 편할 때 할게요. 그리고 이렇게 하는 게 이바나 씨를 존중해 주는 것 같아서 예의 있는 것 같은데요."

"그 발언, 리즈는 존중하지 않는다는 듯 들리는데? 내가 한번 그 말 리즈에게 전해 줄까?"

"그건 참아 주세요."

이바나라면 정말 그럴 것 같았다. 그녀는 장난스럽게 웃었다. 발렌도 피식 웃으며 그녀의 옆에 서서 하늘을 바라보았다. 평화로운 일상으로 복귀하니 너무나 좋았다. 그들이 한참 따사로운 햇살을 맞으며 가만히 여유를 즐기고 있는 와중이었다.

"발렌! 이비!"

익숙한 목소리가 들려왔다. 그들이 하늘로 향했던 시선을 뒤로 향했다. 그들은 도서관 테라스 아래서 손을 흔들고 있는 엘리즈를 발견할 수 있었다.

"리즈, 무슨 일이야? 너도 땡땡이야?"

이바나가 장난스럽게 물었다. 엘리즈라면 아니라고 단호

히 말했을 텐데, 어째 표정이 평소와 달랐다. 그리고 그녀의 뒤로 황궁에서 온 것으로 보이는 시종들도 보였다. 그녀는 뭔가 다급해 보였다. 얼굴은 파랗게 질려 있는 것 같았다.

발렌이 이를 먼저 눈치채고 물었다.

"무슨 일이야, 리즈?"

엘리즈가 그들에게 충격적인 소식을 전해 주었다.

"자, 작은 오라버니께서 사라지셨대!"

"뭐?"

발렌과 이바나가 동시에 소리쳤다. 전혀 예상치 못한 말에 그들은 서로를 바라보았다.

＊　　　＊　　　＊

황성은 때아닌 난리가 났다. 의회가 긴급 소집되어 현 상황에 대해 많은 얘기를 나누고 있었다. 아루스가 누군가에게 납치되었다는 말도 나왔다. 그러나 아루스가 누군가에게 납치를 당할 만큼 만만한 상대던가. 모든 정황을 보아 아루스는 납치당한 것이 아닌, 말 그대로 자진해서 권좌에서 내려와 아무도 모르게 황성 밖으로 나갔다고 판단하고 있었다.

엘리즈는 황성으로 들어와 바로 아루스의 침소로 향했다. 아루스의 침소는 창문이 훤히 열려진 그대로 있었다. 커튼과 옷가지를 엮어 만든 줄로 내려간 것 같았다. 근위병과 근위 기사들이 혹시 모르니 황성을 샅샅이 뒤졌지만, 그의 흔적은 도무지 나오질 않았다.

"퇴위……."

종이에 큰 글씨로 쓰여 있는 두 글자, 퇴위. 아루스의 필체가 맞았다. 엘리즈는 쪽지를 가만히 내려두었다.

"오라버니께서는 오늘 아침에 사라진 건가요?"

"예, 황녀님. 그 쪽지만 남겨 두고 사라지셨습니다."

"오라버니께서 사라졌다는 것을 확인한 시간이 정확히 언제죠?"

"국정을 돌보실 시간이었으니 9시쯤입니다. 식사도 도중에 하시다 마셨습니다."

8시 정도에 아침 식사가 시작되니까…… 그가 사라진 것은 8시에서 9시 사이라는 뜻이다.

'사라진 지 2시간이 다 되어 가는구나.'

그 시간이면 벌써 성벽 너머로 이동하고도 남을 시간이다.

"오라버니께서 평소 지니고 계시던 검은요?"

"무기는 물론이고, 황제 폐하께서 황자 시절 순방을 돌때 입으시던 옷들도 감쪽같이 사라졌습니다."

정말 작정하고 나선 것 같았다. 세인브리트로 돌아오면서 아루스가 힘들어하는 것은 알고 있었던 엘리즈. 자신의 손으로 혈육을 죽였다는 죄책감이 그를 옥죄고 있다는 것을 눈치채고 있었다. 엘리즈는 아루스가 털고 일어날 수 있게 위로를 해 주었지만, 그는 결국 그것을 극복하지 못한 것 같았다.

"오라버니를 본 이가 없다고 하나요?"

"예, 황녀님."

아루스의 실력이면 전혀 이목을 받지 않고 밖으로 나갈 수 있을 것이다.

엘리즈가 턱을 손으로 괴었다. 아루스는 세인브리트로 돌아오는 길 내내 표정이 좋지 않았다. 걱정되어 물어보면 괜찮다고 애써 미소를 지었지만, 그는 밤마다 악몽을 꾸는지 소리를 지르고는 했다. 그래서 근위병들이 습격자가 침입한 줄 알고 깜짝 놀라 막사에 급히 들어가는 일도 비일비재했다.

"리젠느 수호 기사는 어디에 있죠?"

아루스의 옆을 지키는 리젠느라면 어느 정도 알지 않을까 추측하며 묻자, 시녀가 대답했다.

"리젠느 수호 기사님은 이 소식을 접하고 곧장 성 밖으로 달려 나갔습니다. 그뿐만 아니라 황실 근위병, 근위 기사, 수도의 병사들도 수색 중에 있습니다. 모두 황제 폐하를 찾기 위해 뛰어다니고 있습니다."

"수배서를 내려서라도 오라버니를 찾아야 해요. 내성만 아니라 성 외곽까지 모두 찾아야 해요."

아루스가 구체적으로 언제 빠져나갔는지 모르지만, 그가 사라진 것이 알려진 지도 한 시간 정도가 지났다. 그가 성 밖으로 나갔다고 한다면 외성을 넘었으리라 추측했다.

"하필 이런 시기에……."

아루스가 자신이 할 일을 내버려 둔 것도 처음 있는 일이지만, 시기 또한 너무 좋지 않았다. 가벨이 황제로 올라서면서 내전으로 돌입하면서 국정이 더욱 힘들어진 상태다. 여기서 아루스가 갑작스럽게 사라지면 더 큰 혼란이 찾아올 것이다. 백성들에게 알려지지 않게 한시라도 빨리 그를 찾아 데리고 와야 했다.

* * *

아루스를 찾기 위한 수색은 3일이 지나도록 성과가 없었다. 아루스가 행방불명이 되고 나서 황성에 남아 있던 엘리즈는 울먹거리며 마탑으로 돌아왔다. 그녀가 황성 내에서 아루스를 찾고자 무리하는 모습을 보고 황비가 잠시 쉬라면서 마탑으로 돌려보낸 것이다.

그가 사라졌다는 소식을 접한 탑주는 그녀를 위로했지만, 그녀의 얼굴은 좀처럼 펴지지 않았다. 지금까지 아루스의 흔적을 찾을 수 없던 것이다. 심지어 그를 추적하러 나갔다는 리젠느의 행방도 알 수 없게 되었다.

"괜찮아, 리즈. 곧 찾을 수 있을 거야."

"맞아. 발렌의 말대로야. 수도에 이미 수만 명의 병사들이 있잖아."

발렌과 이바나가 엘리즈의 방에 찾아와 그녀를 위로해 주었다.

갑작스러운 일에 그들도 놀랐지만, 엘리즈가 더 놀랐을 것이라 생각해 일부러 찾아온 것이다. 그녀는 아루스에 대한 걱정으로 도무지 마음을 진정시킬 수 없는 모양이었다.

"곧 털고 일어날 줄 알았는데…… 오라버니께서 이토록 힘들어하고 계실 줄 몰랐어."

그녀의 눈동자에서 점차 눈물이 고였다.

"난 그것도 모르고 괜찮다고만 하고……."

지금까지 울지 않고 꾹 참았던 엘리즈가 결국 울음을 터트리고야 말았다. 이바나가 그녀를 꼭 안아 등을 토닥여 주었다.

발렌은 주머니에서 손수건을 꺼내 눈물을 닦아 주었다. 자신의 오라비가 괴로워하는 모습을 옆에서 보고 들은 그녀는 아루스가 가출한 이유를 자신이 제대로 위로해 주지 못한 것이라 생각해 죄책감을 가지고 있었나 보다. 결국 참았던 눈물을 쏟아 내고 말았다.

'황제가 퇴위를 하겠다고 밝히고 행방불명되었다는 것은……'

발렌은 생각이 거기까지 이르자 자신도 모르게 엘리즈를 바라보았다. 남아 있는 황실의 핏줄은 그녀가 유일했다. 메이어 신성 제국에 한 명 더 있기는 하지만, 그녀는 타국의 황태자비다.

'그렇다는 건 다음 황위를 이을 사람은……'

엘리즈라는 소리다.

"……"

발렌은 조용히 침묵을 지켰다.

그녀가 황제가 될 수밖에 없는 상황이라니. 지금까지 생각하지 못한 상황이라 그녀도 혼란스럽겠지만, 그건 발렌과 이바나도 마찬가지다. 오히려 걱정이 앞섰다. 황제가 된다는 것은 이 나라의 운명이 그녀의 손에 달리게 된다는 것이다. 황제가 되는 것은 황녀로 지낸 것과 차원이 다른 문제다.

엘리즈를 위로하던 이바나가 고개를 돌려 발렌을 바라본다.

　'혹시 해결책 없어?'

　입 모양으로 그리 말하는 이바나. 발렌은 고개를 저었다. 수도의 병력들이 총동원되어 아루스를 찾고 있어도 어디로 갔는지 감이 잡히지 않는 마당에 발렌 한 명에게서 해결책이 나올 리 만무했다.

　'이런 거였나.'

　'아루스 황제를 찾아라.' 같은 임무는 떨어지지도 않았다. 그러나 아무런 임무가 떨어지지 않은 것을 보면 처음부터 이렇게 흘러갈 운명이었을지도 모른다는 생각이 들었다. 그렇게 생각하면 지금까지 엘리즈를 구하라고 임무가 떨어진 것도 납득이 되었다.

　'리즈에게 너무 가혹하구나.'

　발렌은 엘리즈도 앞으로 힘들겠구나 생각했다.

＊　　　＊　　　＊

　결국 이틀이 더 지나게 되었다. 여전히 아루스를 찾지 못하자 결국 아침 일찍 대소 신료들이 마탑에 찾아오기에 이르렀다.

"황제 폐하께서 자리를 비우신 지 벌써 닷새가 되었습니다. 세인브리트에 거주하는 백성들도 이 소식을 접하고 혼란스러워하고 있습니다!"

귀족들 사이에는 이미 황제가 돌연 행방불명되었으니 또 다른 음모가 진행 중인 것이 아니냐는 거짓 소문까지 나도는 지경이다. 황제가 퇴위를 하겠다고 밝혔고, 행방도 알 수 없으니 현 상황에서는 엘리즈가 황제가 되어야 했다.

"황녀님, 황제가 되어 주시옵소서!"

"황제가 되어 주시옵소서!"

세인브리트 마탑 밖이 시끄럽다. 황성에서 온 가신들은 마탑에 출입하지 못하니 밖에서 상소하고 있는 것이다. 가벨은 전사했고, 프리실라는 메이어 신성 제국의 황태자비가 되었으며 아루스는 즉위한 지 3일 만에 퇴위하여 행방불명되었다.

이제 남아 있는 바올라 황실의 핏줄은 엘리즈가 유일했다. 그 때문에 대소 신료들이 하루라도 빨리 빈자리를 채우기 위해 그녀를 추대하려는 것이다. 이것은 황비도 마찬가지였다.

황성 내부도 혼란스러운 마당에 백성들에게까지 이 소문이 퍼지면 더욱 혼란스러워질 것이다. 내전이 끝난 지 얼마 되지도 않은 상황인데 황제까지 부재 상태면 더더욱 혼란해진다.

　창문 밖을 바라보며 혼란스러운 표정을 짓고 있는 엘리즈에게 누군가 찾아와 탑주의 말을 전했다. 접객실로 오라고 했다는 것이다.

　"엘리즈, 권좌에 올라 주세요."

　"어마마마……."

　놀랍게도 엘리즈를 찾아온 것은 황비였다. 탑주도 접객실에서 조용히 그 얘기를 듣고 있었다.

　"이 혼란을 하루라도 빨리 수습해야 해요. 지금 황위에 오를 사람은 엘리즈 밖에 없잖아요. 아직 내전으로 인한 피해를 제대로 복구할 계획도 못 짠 상황인데, 계속 이런 상황이 지속되면 혼란이 가중되어 나라가 어지러워질 거예요. 백성들도 앞일을 걱정하고 있어요."

　이런 사태가 계속 이어져서 좋을 것은 하나도 없다. 하루라도 빨리 이 일을 수습하기 위해서는 황제의 자리를 다시 채워야 했다.

　"탑주님께 죄송할 따름이에요."

　탑주는 가만히 침묵을 지켰다. 사태의 심각성을 봤을 때 그녀가 황제의 자리에 앉는 게 맞았다. 그러나 조금 아쉬운 것도 사실이다. 탑주가 괜히 그녀를 제자로 들였겠는가. 마법의 재능이 매우 뛰어나서이다.

제자를 잘 키우는 것이야말로 마법사의 덕목이며 명예이다. 그렇기에 자신의 제자인 그녀를 이대로 돌려보내야 한다는 것이 내키지 않았다. 그러나 상황을 봤을 때, 돌려보내는 것이 맞았다. 오랫동안 침묵을 지킨 탑주가 입을 열었다.

"엘리즈, 네가 권좌에 오르는 것이 옳다고 본다."

"하지만 스승님."

"황제 폐하께서는 스스로 퇴위를 하겠다고 통보하고 사라지셨다. 어디로 가셨는지 짐작하기도 어려운 상황에서 계속 폐하만 찾는다면, 그만큼 수습이 늦어져 혼란은 더욱 커질 것이다."

탑주의 뜻은 잘 안다. 아니, 모든 이들의 뜻을 잘 안다. 하지만 엘리즈는 황제가 되길 망설였다. 자신에게 너무나 무거운 자리이다. 황제가 되려던 생각이 전혀 없었기에 황위 계승권도 포기한 그녀다.

"전 황제가 될 그릇이……."

"네게 버거운 자리라는 것은 잘 안다. 황녀와 황제는 차원이 다른 자리지. 너의 한마디, 한마디가 나라를 움직일 테니까. 그렇다고 다른 사람에게 황제의 자리를 맡길 수는 없지 않느냐."

맞는 소리라서 엘리즈는 반박하지 못했다. 빼도 박도 못하는 상황이지만, 엘리즈는 망설일 수밖에 없었다. 아루스가 내전을 벌이면서 힘겹게 이룬 자리를 자신이 차지하는 것 같아 기분이 썩 좋지 못했다.

"스승으로서 널 끝까지 가르치지 못하는 것이 애석하지만, 탑주로서는 네가 어서 황제가 되기를 바라고 있단다. 아니, 무엇보다 그렇게 망설이는 이유가 무엇이더냐? 혹시 네가 여자라서 그러느냐? 이 나라는 여제가 다섯이나 되지 않더냐."

탑주의 말대로였다. 제국에서는 여성 또한 황위에 오를 권리를 가진다. 바올라 제국 황실의 핏줄이면 누구나 황제가 될 수 있는 것이다. 여성이라고 다를 바 없었다. 그녀가 입을 꾹 다물었다.

'이를 어떻게 하면 좋지?'

황제가 될 생각도 없었는데 갑자기 자신이 황제의 자리에 앉아야 하니 당혹스러울 따름이다. 엘리즈는 이 무거운 자리에 자신이 앉아도 되는지 고민했다. 자신이 이 나라를 정말 잘 이끌어 나갈 수 있을지 걱정이 앞섰다.

'선대들이 그 어떤 위험 속에서도 이룩한 천년 제국이야. 그런 내가 이 나라를 잘 이끌 수 있을까?'

선대들이 이룩한 업적을, 그 명맥을 자신이 이어 갈 수 있을지.

솔직히 말해서 자신이 없었다. 그렇다고 이대로 가만히 방관하고 있을 수 없는 것도 사실. 그녀는 고민하고, 또 고민했다.

"결정했어요."

엘리즈가 자리에서 일어났다.

"어마마마와 스승님의 뜻에 따르겠어요. 하지만 오라버니께서 자리를 비우는 동안만이에요. 오라버니께서 다시 찾아온다면 전 망설임 없이 황제의 자리에서 물러나겠어요."

그 말에 황비와 탑주의 얼굴이 밝아졌다. 약간의 조건이 달려 있기는 하지만, 그것만으로도 충분했다.

힘든 결정이었을 텐데, 그녀가 각오를 다지니 안심이 되었다. 탑주가 자리에서 일어났다.

"엘리즈 폰 바올라, 현 시간부로 널 세인브리트 마탑에서 파면한다. 그리고……."

탑주가 그녀의 앞에 부복했다.

"언제나 그래 왔듯이 세인브리트 마탑은 바올라 제국과 황제 폐하를 수호하는 방패가 될 것입니다."

이제는 제자가 아닌 황제로 엘리즈 대하는 탑주. 엘리즈는 그 모습을 보고 복잡한 표정을 지었다.

　　　　　*　　　*　　　*

　　용병처럼 가죽 무구를 입고, 허름한 로브를 두른 채 후드로 완전히 얼굴을 가린 청년. 간단한 짐 보따리를 등에 멘 채 걷는 이는 금발의 에메랄드빛 눈동자를 가진 미남자, 아루스였다. 그는 일부러 포장되지 않은 길을 걷다가 잠시 쉬어 가기 위해 근처 바위에 앉았다.

　　"하늘이 정말 맑구나. 오늘처럼 따스한 날에는 이렇게 가만히 햇볕만 쬐어도 기분이 좋군."

　　혼잣말하듯 중얼거리는 아루스. 그러던 그가 돌연 고개를 옆으로 돌리며 묻는다.

　　"그렇지 않느냐?"

　　그가 바라본 것은 나무였다. 그의 물음과 함께 나무 뒤에서 누군가가 모습을 드러냈다. 모습을 드러낸 사람은 리젠느였다. 그녀가 고개를 숙이며 대답했다.

　　"예, 황제 폐하."

　　"어떻게 알고 찾아왔느냐?"

　　"황제 폐하의 흔적을 찾아왔습니다."

　　다른 이들의 기척이 주변에서 느껴지지 않는 것을 보면 혼자서 그를 찾았다는 뜻이다. 아루스가 물었다.

　　"내 흔적을 찾았다고?"

"예. 설마 슈벤을 소탕하기 위해 배운 추적술을 이렇게 활용하게 될 줄은 몰랐습니다."

슈벤은 매우 은밀하여 어지간한 추적술로는 찾아낼 수 없다. 그만큼 작은 흔적도 찾을 줄 알아야 한다.

슈벤 소탕 작전을 벌이면서 추적술을 배운 리젠느는 어렵지 않게 그를 찾아낼 수 있었다. 흔적을 남기지 않았다고 자신했는데, 아무래도 리젠느의 추적술은 생각 이상이었던 모양이다.

"돌아가거라. 난 황성으로 돌아갈 생각이 없느니라."

"저도 알고 있습니다. 그렇게까지 하고 황궁에서 나오셨으니 돌아가실 생각이 전혀 없으실 거라고 생각했습니다."

"알면서도 찾아온 것이더냐?"

리젠느가 고개를 주억였다.

"그렇다면 다시 돌아가거라."

"그럴 수 없습니다. 아직 전 황제 폐하께 가르침을 받을 것이 많이 남아 있습니다. 황제 폐하께서는 절 옆에 두어 부족한 것을 채워 주겠다고 말씀하시지 않으셨습니까."

"그러고 보니 그랬었지. 미안하구나. 약속을 지키지 못하게 되어서 말이다."

아루스가 씁쓸한 미소를 지었다. 그는 정말 황성으로 돌아갈 생각이 없었다.

"아닙니다. 약속을 지키실 방법이 있습니다."

아루스가 의문 가득한 표정으로 그녀를 바라보았다. 리젠느가 대답했다.

"절 데리고 가 주십시오. 폐하의 옆을 보필해 가르침을 받고 싶습니다."

설마 데리고 가 달라고 할 줄은 몰랐기에 아루스의 눈동자가 커졌다.

"네가 나와 함께할 필요는 없다."

아루스는 안 된다고 말하며 고개를 저었다. 그러나 리젠느는 완고했다.

"전 황제 폐하의 검과 방패가 되겠다고 다짐했습니다. 그 맹세를 어길 수 없습니다."

"날 따라오면 명예와 부는커녕, 정처 없이 떠돌기만 할 것이다. 이것은 나의 속죄를 위한 고행이면서, 내 뜻을 찾기 위한 길이기도 하다. 네가 굳이 따라나설 이유가 없느니라."

"주군의 죄는 기사의 죄이기도 합니다. 저도 황제 폐하를 따르며 같이 속죄할 것이고, 뜻을 찾기 위해 함께하고 싶습니다."

리젠느는 그 무엇도 필요 없다는 듯 보였다. 그녀에게 있어 아루스는 진정한 주군이었다. 자신의 잘못을 일깨워 준 사람이면서 진심으로 함께해 준 사람이었다. 간신히 찾은 진정한 주군을 이대로 보낼 수는 없었다.

'돌려보내기에는 틀린 듯 보이는구나.'

아루스는 그녀가 쉽게 물러날 의사가 없다는 걸 알 수 있었다.

이대로 도망쳐서 따돌릴 수 있지만, 그녀는 자신의 추적술로 끝까지 쫓아올 게 뻔했다. 계속 그녀가 쫓아올 것을 걱정할 바에야 차라리 그녀와 함께 동행하는 게 마음 편하겠다고 생각했다.

"후우, 알겠다. 네 뜻대로 하거라."

"예, 황제 폐하."

"참, 이제 난 황제도 아니고, 황족도 아니다. 그저 아루스일 뿐. 앞으로 그렇게 격식을 차리지 말거라."

"하면 제가 앞으로 어떻게 부르면 되겠습니까?"

"네가 편한 대로 부르거라."

"아루스 님이라 부르겠습니다."

호칭은 이 정도면 충분하다. 아루스가 고개를 주억이며 몸을 돌렸다.

"가자꾸나."

"예, 아루스 님."

그들이 길을 걸었다.

바람이 불어오며 배웅해 주기라도 하듯 나뭇잎이 흔들리며 소리를 냈다.

목적지 없이 떠나는 모험.

그들조차 앞으로 무슨 일이 벌어지고, 언제 끝날지 모를 모험이 시작되었다.

Chapter 02
새로운 황제와 평화로운 일상

<아루스 폰 바올라>

생애: 4108년 9월 3일 ~ ?

즉위: 4135년 2월 8일

퇴위: 4135년 2월 11일

바올라 제국 제 36대 황제. 바올라 제국 역대 황제 중 가장 짧은 재임 기간을 가졌다. 선군이 될 것이라 촉망받던 그는 가벨 황제에게 누명을 쓰면서 반역자가 되었고, 혁명에 성공하였다. 그러나 황위에 오른 지 단 3일 만에 스스로 권좌에서 내려와 사라졌다. 그가 퇴위한 이유에는 그간 여러 가지

설이 존재했다. 하지만 최근 혈육을 죽였다는 것에 대한 죄책감과 그런 자신에 대한 회의 때문이었음이 밝혀졌다. ……(중략)…… 최근 황제의 필체와 매우 유사한 어느 용병의 일기장이 발견되었다. 많은 학자들은 그 용병을 아루스 황제로 추정하고 있으며 조사 중에 있다. 지금까지 일기장을 통해 밝혀진 바에 따르면 함께 동행하게 된 리젠느 수호 기사와 오랫동안 세상을 떠돌며 용병 생활을 하다가, 인적이 없는 깊은 산골에서 가정을 이뤄 정착한 것으로 추정하고 있다.

—『바올라 제국의 역사』인물 소개란 中 발췌—

* * *

엘리즈의 즉위식은 약식으로 이루어졌다. 얼마 전에 수많은 사람들이 모여 성대하게 진행한 아루스의 즉위식과 비교되어 초라해 보였다. 그러나 이것은 엘리즈의 뜻이었다. 자신의 즉위식보다 나라의 운영이 먼저임을 밝히고, 재정 문제도 거론했기 때문이다.

이에 반발하는 가신들은 없었다. 오히려 그녀의 결정에 다들 놀라워하며 반기는 분위기였다. 실제로 바올라 제국이 제대로 운영되지 않으면서 재정에 조금씩 문제가 생겼기 때문이다.

그리고 엘리즈가 황제로 즉위한 지 열흘째 되는 날이었다.

"국고가 생각보다 비었군요? 이게 어떻게 된 거죠?"

엘리즈는 집무실로 재정관을 불렀다. 재정관이 난감하다는 얼굴로 땀을 뻘뻘 흘리고 있었다.

"얼마 전 내전으로 인해 가벨 황제께서 병장기와 무기, 식량을 구입하고, 용병들을 고용하면서 순식간에 국고가 비게 되었습니다."

"그렇다 하더라도 내역을 보면 1만 골드뿐인데요? 바올라 제국의 국고가 그 정도밖에 없었나요? 이 수도에서 움직이는 돈만 하더라도 그 이상인 걸로 알고 있는데요?"

"그게…… 가벨 황제께서 워낙 사치스러운 생활을 하신 터라……."

"국가 운영에 쓸 돈에 손을 대었다고요? 큰 오라버니께서? 제가 아는 큰 오라버니는 야심이 지나치신 분이긴 했지만, 사치를 부리거나 할 분은 아니에요."

"그…… 얼마 전에 여성들을 황성에 데리고 오신 적도……."

"큰 오라버니께서요? 큰 오라버니는 문란한 분이 아닌

걸로 알고 있는데요?"

혈육이기에 누구보다 잘 아는 엘리즈. 비록 가벨이 도가 지나칠 때는 있었지만, 사치를 부린 적은 없었다. 오히려 그는 돈을 거의 쓰지 않았을 정도니까.

"누군가가 국고에 손을 댄 것이 분명해요. 장부를 조작한 것 같군요. 장부를 조작할 정도면 재정 쪽에서 일하는 간부가 그랬다는 뜻인데……."

재정관의 안색이 파랗게 질린다. 흐르는 땀의 양이 점점 더 늘어났다. 엘리즈가 장부를 내려놓으며 명령했다.

"혹시 잘못 기록된 것은 아닌지 확인해 주시고 제게 다시 장부를 보여 주세요. 만일 누군가가 손을 댄 것이 확인된다면 따로 감사관을 보내도록 하겠어요. 재정관님도 자신의 부하 중 누군가가 제게 의심받는 건 싫으시죠?"

"예, 황제 폐하! 저희 부서는 그럴 일이 전혀 없습니다! 예, 그렇고말고요! 제가 다시 확인하여 보고할 수 있도록 하겠습니다!"

"그럼 이만 나가 보세요."

재정관이 장부를 들고 부리나케 집무실 밖으로 나갔다. 엘리즈가 등받이 등을 기대며 작게 미소를 지었다.

"이제 되돌려 놓겠지?"

엘리즈는 재정관이 국고에 손을 댄 것을 진즉에 알고 있었다. 국고 장부는 겉으로 보기에는 이상이 없었지만, 자세히 들여다보면 수상한 점이 발견되었다. 그녀는 그것을 추적하면서 돈이 다른 곳으로 새어 나간다는 것을 찾아냈다. 그것이 한두 곳이 아니었고, 장부를 이만큼 조작할 수 있는 자는 재정관이 유일하다 판단했다.

장부를 전부 위조할 수는 없었다. 하루에 기록되는 장부의 양은 어마어마하다. 하나하나 보기 어렵기에 조금만 고치면 티도 나지 않는다. 아마 재정관도 이것을 노렸을 것이다. 선대 때부터 조금씩 조작했던 장부이고, 지금까지 들키지 않았다. 설마 그녀라고 다를 것 없다고 생각했으나 예상은 빗나갔다. 엘리즈는 하나하나 훑어보았고, 수상한 점을 찾아낸 것이다. 아마 그간 빼돌린 돈을 전부 국고에 채우게 될 것이다.

'1실링이라도 비어 있다면 다시 일을 시키고, 조사단을 만들어야지.'

엘리즈는 나라가 제대로 돌아가려면 우선 비리부터 척결해야 한다고 생각했다. 발렌이 지금까지 문제가 생겼을 때 관리에게 뒷돈을 주어 해결한 적이 꽤 됐다는 소리를 들은 것이다. 비리가 은연중 만연해 있다는 것은 어느 정도 알고 있었으나, 가까운 사람이 비리를 저질렀다는 소리를 들었을 때는 꽤나 충격적이었다.

그만큼 이 나라는 부패할 대로 부패한 것이다. 오랜 평화와 번영이 나라를 망치고 있는 것이다. 비리만 해결해도 그간 제대로 처리되지 않던 문제들이 해결되고, 국고 또한 넘치도록 채워질 것이다.

'재정관이 내가 자신을 의심한다는 걸 눈치챌 수도 있겠지?'

혹시 도주할지 모르니 그가 도주하지 못하도록 감시자를 붙이자고 생각하며 다시 업무를 보기 시작했다. 자신의 아버지와 가벨, 그리고 아루스가 어떤 일을 진행하였는지, 무슨 일을 하고자 했는지 확인하는 것도 잊지 않았다.

그렇게 일일이 확인하던 엘리즈는 곧 아루스가 진행하던 명령서를 확인하게 되었다.

    <세인브리트 마탑 텔레포트 게이트 연결 명령서>
    마감일: 4135년 3월 28일
    연결 위치: 마이셀 백작령
    — 국경과 가까워 외부 침략 때 신속히 수도에 보고할 수 있도록 동부 영지와의 연결을 계획, 현재 마이셀 백작령에 연결 계획을 알렸으며 진행 중.

명령서 우측 하단에는 아루스의 사인과 함께 인장이 찍혀 있었다. 아루스가 직접 이런 계획을 세운 것이다.

'오라버니께서 발렌에게 신경을 많이 써 주셨구나.'

계획 사유는 외부 침략에 대비해 보고가 빠르게 오갈 수 있도록 하기 위함이라고 쓰여 있지만, 사실상 발렌이 언제든 이용할 수 있도록 연결해 준 것이나 다름이 없었다. 나라를 구하고, 자신을 위해서 힘써 준 사람인만큼 발렌에 대한 대우도 좋았다.

사서로 있기는 하지만 그는 한 나라의 영주이고, 국경과 가까운 곳에 있는 영지의 영주이다 보니 때에 따라서는 영지로 돌아가야 했다. 수도에서 마이셀 백작령까지 빠르게 이동해도 한 달이나 걸린다. 텔레포트 게이트가 있으면 바로 이동할 수 있을 테니, 발렌도 언제든 오갈 수 있을 것이다.

"그런데 한 사람에게 이런 대우를 해 줘도 되는 건가?"

발렌에게 조금 미안한 일이지만 이것도 약간 비리가 아닌가란 생각이 들었다. 그러나 아루스가 명한 이 계획은 확실히 국경 쪽의 소식을 황실까지 빠르게 전파해 주는 방법이었다. 동쪽에서 외침이 발생할 때 확실히 도움이 많이 될 것 같았다.

'이 나라를 상대로 누가 전쟁을 벌이겠느냐마는……'

그런 생각을 하다가 그녀가 고개를 저었다.

'아니지. 그런 안일한 생각을 가지면 안 돼.'

전쟁이란 게 어떻게 벌어질지 모르는 일이다. 타국에서 내국의 불만을 외부로 돌리고자 전쟁을 벌이려는 일도 심심찮게 있다. 무엇보다 동쪽 끝자락은 메이어 신성 제국과 바로 붙어 있다. 실제로 십여 년 전에 메이어 신성 제국과 전쟁이 벌어질 뻔한 적이 있지 않았던가. 절대 안심해서는 안 된다. 그녀는 다른 명령서를 확인했다.

    <연금술사의 탑 건축 명령서>

    건축 시작 예정일: 4135년 3월 28일

    건축 위치: 마이셀 백작령

    —마도구 개발이 국가의 발전에 크게 영향을 미칠 수 있음을 확인, 황제의 명으로 연금술사의 탑을 건축할 예정. 마이셀 백작령의 포드의 공방에 협력을 요청하여 마도구 개발, 생산에 박차를 가하도록 한다. 세인브리트 마탑과 마이셀 백작령 사이의 텔레포트 게이트가 연결되는 즉시 건축. 후에 이바나 디 엘로이를 연금술사 탑의 관리자로 임명.

이바나의 공을 치하하면서 지원을 아끼지 않겠다고 한

이유가 이것이었던 것 같았다. 이바나가 매우 좋아할 만한 일이었다.

'이 계획들은 그대로 실행하기로 하고, 그럼 오늘 할 일은 대강 끝난 건가?'

즉위하고 3일 만에 퇴위를 하면서 진행한 일은 공신들에게 포상한 것과 이것밖에 없었다. 엘리즈는 그제야 기지개를 켰다. 밖을 보니 석양이 지고 있었다. 하루 종일 앉아서 업무를 보는 것은 생각보다 힘든 일이었다. 전대 황제들의 일을 하나하나 확인하는 것 때문에 조금 더 걸린 것 같았다. 당분간 이런 일정이 계속될 것이다. 어느 정도 정리가 되면 그때부터는 일이 수월해질 것이라 생각하며 그녀가 자리에서 일어났다. 그녀가 집무실에서 나오자, 밖에서 대기 중이던 시종이 고개를 숙였다.

"황제 폐하, 업무를 마치셨습니까?"

"예. 생각보다 할 일이 많았네요. 조금 이른 것 같지만, 식사를 하도록 할게요."

"송구하옵니다, 황제 폐하. 방금 전 새로 들어온 주방장이 실수로 식재료를 적게 들여와 급히 공수하여 요리하고 있느라 아직 준비가 되지 않았다고 제게 알려 왔습니다."

"그런가요? 제가 식사 시간을 앞당기려고 한 것이니 문책하지 말라고 하세요. 간단하게 요기할 수 있는 요리만 해 달라고 전하세요. 저는 그동안 도서관에 있겠어요."

"예, 황제 폐하."

시종이 고개를 숙이고 주방으로 향했다. 엘리즈는 시종들을 거느리며 황실 도서관으로 향했다. 오랜만에 오는 황실 도서관. 그녀가 도서관에 오자, 사서들이 고개를 숙였다. 엘리즈는 미소로 대답하며 새로 들어온 책 하나를 골라 자리에 앉았다.

책을 읽고 있지만, 어째서인지 눈에 잘 들어오지 않았다. 황녀일 때는 늘 하던 일인데, 황제가 되고 나니 뭔가 어색한 것 같았다.

'맞은편에 항상 발렌이 있었는데……..'

자신과 취미가 같은 발렌. 가끔 책을 읽다가 열띤 토론을 하기도 했다. 그런데 지금 눈앞에는 발렌이 없었다. 말동무가 되어 줄 사람도, 같이 책에 대해 토론할 사람이 없는 게 이렇게 심심한 일인 줄 몰랐다. 결국 엘리즈는 집중이 되지 않자 그 좋아하는 책을 얼마 읽지 않고 덮어 버렸다.

'발렌과 이비는 지금쯤 뭘 하고 있을까?'

황제로 즉위하고서 만나지 못한 그들이 벌써부터 그리워진 그녀였다.

*　　　*　　　*

발렌과 이바나가 멍한 표정으로 천장을 바라보았다.

"리즈가 없으니 엄청나게 허전하네요."

늘 도서관에 찾아와 같이 책을 읽고, 책에 대해 토론하던 엘리즈가 황성으로 돌아가니 심심함이 극에 달했다. 그는 앞에 책을 펼쳐 두기만 한 채 읽지를 못했다. 발렌도 황실 도서관에 있는 엘리즈처럼 그녀가 벌써부터 그리워졌다.

"말조심해. 이제 황제 폐하시니까 애칭으로 부르면 안 돼. 하지만 너의 말에는 동감이야. 있다 없으니까 엄청 허전해."

잠시 놀러온 이바나도 마찬가지였다. 엘리즈가 세인브리트로 들어오기 전까지는 아무렇지도 않았는데, 함께 지내다가 만날 수 없게 되니 뭔가에 집중하기 힘들었다.

특별한 일이 없는 이상 만나기 힘든 사람이 되었으니까. 설마 그녀가 황제가 되리라고 누가 상상이라고 했겠는가.

그녀는 권좌에 관심이 없었고, 그래서 황위 계승권을 포기했었으니까. 당연히 가벨과 아루스 둘 중 한 명이 권좌에 올라 나라를 다스리게 될 거라 생각했다. 예상치 못한 일로 그녀가 권좌에 앉으니 걱정이 컸다. 그녀가 잘 다스리느냐, 마느냐의 문제가 아니라 어깨에 얹어진 짐을 참을 수 있느냐, 없느냐의 문제였다.

아루스의 부재로 황제의 자리에 오르게 되었지만, 아루스가 돌아오면 다시 권좌에서 내려오겠다고 선언한 상황. 잠시 황제의 자리에 있을지, 아니면 평생 황제로 이 나라를 이끌게 될지는 모를 일이다.

'내가 봤을 때는 아루스 황제께서 돌아오시지 않을 것 같지만.'

그래도 그녀라면 어떻게든 나라를 잘 이끌 수 있지 않을까.

'리즈라면 간신들의 말보다 충신들의 말에 더 귀 기울이겠지?'

진정한 충신들은 왕에게 쓰디쓴 말을 아끼지 않는 법. 다른 이들은 어떨지 모르지만, 엘리즈라면 충신들의 쓴 말을 겸허히 받아들이고, 국정에 반영하지 않을까란 생각을 조심스럽게 해 본다.

"그나저나 너 영지로 돌아갈 때 어떻게 할 거야? 1년을 꼬박꼬박 일해도 한 달 정도 휴가잖아. 가는데 시간 다 보내지 않아?"

엘리즈로 인한 심심함을 달래기 위해서인지 이바나가 화제를 발렌과 관련된 것으로 돌린다.

그가 대답했다.

"걱정하지 마세요. 전대 황제 폐하께서 제가 언제든 영지에 오갈 수 있도록 마이셀 영지와 마탑을 잇는 텔레포트 게이트를 연결해 주신다고 하셨으니까요."

"엄청난 대우네. 직장에서 집까지 그냥 가고. 하기야, 네 공이 크긴 컸으니까."

이바나도 인정할 건 인정하며 고개를 주억였다. 백작위까지 하사받고, 그의 외할아버지의 영지를 돌려받고, 영주까지 될 정도면 굉장히 큰 공을 세운 것이다. 그만큼 발렌의 영향력도 점점 커지고 있는 것이다.

"이러다가 우리 가문의 위치까지 너 때문에 흔들리는 거 아닌지 모르겠어."

이바나가 웃으며 그렇게 말하자 발렌은 피식 웃었다.

"설마요."

"왜? 생각해 봐. 네가 리셋을 반복하면서 경지를 쌓게 되어 봐. 너에게는 오랜 세월이겠지만, 내가 보기에는 몇 시간 만에 된 거잖아."

그녀의 말대로다. 발렌에게는 엄청난 시간이 흐른 것이지만, 남들이 보기에는 눈 깜짝할 사이에 경지가 오른 것이니까. 그러나 그런 미친 짓은 두 번 다시 하고 싶지 않았다.

"흑마법사한테 복수하겠다고 20년 넘게 노력해서 이 정도 경지에 올랐죠. 마이셀 가문의 비전이 없었다면 100년 넘게 걸렸을 테고요."

"······비전이 없는 상태로 위저드급 마법사가 되는데 100년이 걸린다고? 재능이 없어도 너무 없는 거 아니야?"

이바나가 기가 막힌다는 얼굴로 그를 바라본다. 제아무리 늦게 마법을 배운 사람이라도, 발렌처럼 재능이 없는 사람은 매우 드물 것이다.

"마이셀 가문은 그런 사람들만 태어난다고 하더라고요. 어머니 말씀으로는 제가 그중에서 가장 둔재라는 모양이에요. 제 동생도 이 정도까지는 아니래요."

발렌이 어깨를 으쓱였다.

"아마 다음 경지에 오르려면 적어도 50년은 해야 하지 않을까요."

"적어도······ 라는 말은 그 이상도 걸릴 수 있다는 뜻이지? 끔찍하네."

이바나가 고개를 가로저었다. 그의 말대로라면 엄청난 고통을 받게 되는 것이니까. 그가 다시금 힘에 집착하게 되는, 그런 상황에 놓이지 않기를 바랄 뿐이다.

"그럼 난 이만 가 볼게."

이바나가 자리에서 일어났다. 이제 슬슬 자러 가려는 것이다.

"내일도 오실 건가요?"

"내일은 주말이니까 집중해서 마도구를 만들어야지."

"주말에 안 쉬고요?"

"나한테는 연구하는 게 쉬는 거야. 일종의 취미 활동이지. 너도 사서가 재밌어서 하고 있는 거잖아? 나도 마찬가지야."

그녀의 비유를 듣고 단번에 이해한 발렌이 고개를 주억였다.

"또 어떤 종류의 이비 스톤을 만들지도 고민해 보고. 만약 안 떠오르면 너한테 물어보러 올 수도 있고."

발렌은 알겠다고 하고서 그녀를 도서관 입구까지 배웅해 주었다. 이바나가 마탑으로 들어가는 것을 확인하고서 그가 도서관을 랜턴으로 비추었다.

"오늘은 무슨 책을 볼까……."

발렌이 랜턴을 든 채 책을 살폈다. 내일은 주말이니 늦게까지 읽다 자도 됐다. 무슨 책을 볼지 둘러보는 와중이었다.

스슥─

인기척이 들려왔다. 천이 부딪치는 소리다. 발렌은 자리에서 정지하고 기척을 읽어 나갔다.

'창문으로 들어왔나? 움직임도 상당히 조심스럽군. 한 명인가?'

발렌이 랜턴을 내려놓고 기척을 죽이며 옆으로 돌아가

대기했다. 침입자의 정체는 모르지만, 랜턴 쪽으로 유인하려는 것이다.

불빛을 본 침입자의 움직임이 이쪽으로 향한다. 발렌이 주머니에서 완드를 꺼내 들었다. 침입자가 불빛 쪽으로 고개를 돌린 순간, 그가 뒤를 잡았다.

"손들어. 한 발자국이라도 움직이는 순간 머리통이 날아갈 줄 알아."

발렌이 침입자의 뒤통수에 완드를 겨누고 경고하며 불빛에 비친 침입자의 모습을 살폈다. 세인브리트 마탑의 로브를 입고 있었으나, 창문으로 들어온 게 수상쩍었다. 그런데 웃음소리가 어째 낯익었다.

"살벌해라. 전쟁터 속에서 늘 이랬던 거야?"

목소리를 듣고 발렌이 화들짝 놀랐다.

"리즈?!"

엘리즈의 목소리를 모를 리 없었다. 그녀가 후드를 벗자, 금발이 가장 먼저 눈에 들어왔다. 엘리즈가 뒤를 돌아 그를 바라보았다. 설마 그녀가 마탑 도서관에 올 줄 상상도 못한 것이다.

"네가 여긴 어떻게……?"

"황제가 되었어도 날 친근하게 불러 주는 사람은 너뿐이구나?"

엘리즈는 기쁘다는 듯 웃었다. 발렌은 그 말을 듣고 실수했다고 생각했지만, 그녀는 아예 신경 쓰지 않는 듯했다. 오히려 반기는 분위기였다. 주위에서 자신을 계속 황제 폐하라 부르니 편하게 부르는 사람이 그리웠었던 모양이다.

"어떻게 들어온 거야?"

"이 로브를 입고 있으면 경비병들이 신경을 안 써서 말이야. 그냥 통과할 수 있었어."

그녀가 제자리에서 한 바퀴 돌았다. 세인브리트 마탑 마법사만이 입을 수 있는 로브가 바람에 부딪친 커튼처럼 휘날렸다.

"그리고 도서관은 몰래 창문으로 들어왔어."

엘리즈가 자신이 들어온 창문을 손가락으로 가리켰다. 창문은 반쯤 열려 있었다. 자객도 아니고 특별히 침입자 경보 알람 마법을 피해 들어온 것도 아니다. 당당하게 들어온 것이다. 어떻게 창문을 통해 몰래 들어올 수 있었을까. 이제 엘리즈는 외부인이 되었을 텐데 말이다.

그런 생각을 하고 있는데, 엘리즈가 그의 생각을 눈치챈 듯 대답해 주었다.

"아직 나를 외부인 취급하지는 않나 봐. 일부러 몰래 들어왔는데, 앞으로 도서관 출입구로 들어와도 될 것 같아."

"그렇구나. 그런데 무슨 일이야?"

혹시 자신의 도움이 필요해서 온 건가 생각했지만, 엘리즈의 표정이 밝은 것을 보면 그런 이유는 아닌 것 같았다.

"잠깐 바람 좀 쐬러 나왔어. 시녀들을 따돌리느라 조금 고생했지만. 내가 사라졌다는 걸 알면 난리가 날 테니 조금 있다가 다시 돌아갈 거야."

"참다운 군주의 면모를 보이십니다, 황제 폐하. 저와 처음 만났을 때와 비슷하다는 생각 안 드십니까?"

발렌이 장난스럽게 말하자, 엘리즈가 후후 웃었다. 발렌이 의자를 끌어와 그녀를 앉혔다.

"홍차?"

"부탁해."

엘리즈는 거절하지 않았다. 발렌이 곧 다과를 내왔다. 엘리즈는 발렌이 탄 홍차를 음미했다.

"역시 나오길 잘했어. 네가 끓여 주는 홍차가 어찌나 그리웠는지."

"내가 타 준 홍차 맛에 반해 버린 모양이네?"

"응. 이비도 네가 끓여 준 홍차를 좋아하잖아. 작은 오라버니도 그러셨고."

발렌은 고개를 주억였다. 아루스도 발렌이 세기어 왕국에서 처음 타 준 홍차를 마시고 맛있다고 극찬을 해 줬다. 덕분에 도서관에 손님이 올 때마다 발렌은 차를 가장 먼저 내오고는 했다.

"요즘 어때? 일은 할 만해?"

엘리즈가 한숨을 내쉬며 고개를 저었다.

"말도 마. 일은 일대로 잔뜩 쌓여 있지, 부정부패는 만연해 있지. 그걸 모두 잡겠다고 노력하고 있는데 쉽지가 않아. 양파처럼 까도, 까도 계속 나오더라고. 그렇다고 모두 숙청할 수 없는 노릇이고 말이야."

모두 숙청하면 당장은 편하겠으나, 조금만 지나면 황실이 제대로 굴러가지 않게 될 것이다. 부정부패에 찌든 관리자들이라도 자신이 맡은 일에 대해서는 전문가다. 그들을 한순간에 내쫓게 된다면 나라 운영에 차질을 빚게 될 것이다. 그 때문에 엘리즈는 그들에게 경각심을 주면서, 앞으로 부정부패를 저지르지 않게 만드는 방법을 찾고 있었다.

'정말 할 일이 많은가 보구나.'

그녀가 힘들다고 말하는 것을 들은 적 없는 발렌. 노력하는 모습이 대견하면서도 그만큼 고생하고 있다고 생각하니 안쓰러워 보이기도 했다.

"많이 힘들겠네. 이미 만연해 있는 부정부패를 척결하는 게 보통 힘든 일이 아닐 테니까."

"그 말 그대로야. 잡는 건 어렵지 않을 것 같은데, 너무 많아서 탈이라니까."

한 명을 적발하면 연이어 그와 연관된 이들이 줄지어 나타날 테니 엘리즈도 많은 고민을 하고 있었다.

"황성만이 아니라 지방도 마찬가지인 것 같더라고. 위가 썩으니 아래도 자연스럽게 썩었어. 전부 고치려면 엄청난 시간이 걸릴 거야."

원래 비리라는 것이 한순간에 척결할 수 있는 게 아니니 쉽지 않을 것이다. 엘리즈도 다소 시간이 걸리는 건 감안하고 최대한 잡아낼 생각인 것 같았다. 일단 윗사람부터 잡으면 자연스럽게 아랫사람들도 경각심을 가지게 될 테니까.

"법령에 새로 추가해야지. 부정부패를 저지른 것이 적발된 자는 두 번 다시 관직에 오를 수 없다는 걸로."

지금까지 부정부패가 만연해 있던 것의 주요 원인을 솜방망이 처벌이라고 생각하는 엘리즈. 부정부패를 저질러 형을 산다고 하더라도 금방 풀려나 다시 복직할 수 있는 체제였기 때문에 딱히 위기를 못 느낀 것이다.

부정부패로 벌어들인 돈은 압수해 국고로 환수했지만, 다시 자리에 오른다는 건 또 저지를 수 있다는 뜻이다. 그리고 다시 자리에 앉은 자들은 또 부정부패를 저질러 돈을 벌어들였다. 끝나지 않는 악순환이 되풀이되니 아예 그 빌미를 주지 않으려는 모양이다.

"혹시 그 가족들도?"

연좌제야 어느 나라나 다 있다. 엘리즈도 똑같이 하지 않을까 생각하는데, 그녀는 고개를 저었다.

"강경파 귀족들이 대대손손 관직에 오르지 못하도록 하자고 하는데, 난 그렇게까지 할 생각은 없어. 잘못한 본인만 관직에 오르지 못하게 할 거야. 다만 그 가문은 다소 불명예를 감수해야겠지."

한 번 걸리면 그것으로 영영 쫓겨나고, 불명예까지 얻게 될 테니 귀족들에게 충분히 경각심을 줄 수 있지 않을까. 아직 시행된 것이 아니지만, 시행하게 된다면 분명 큰 효과를 줄 수 있을 것 같았다.

"발렌은 어떻게 지내?"

"평화롭게 지내지. 사서 일도 하고, 남는 시간에는 책도 읽고. 다만 네가 황성에 돌아가니 같이 책에 대해 토론할 사람이 없어서 여간 심심한 게 아니더라고. 참, 이바나 씨도 네가 없어서 많이 심심해하셔."

"그래? 언제든 황성에 놀러 와서 말벗이라도 해 줘. 난 언제든 환영이니까."

"그러다가 대소 신료들이 너와 나의 관계를 의심하면 어쩌려고 그래?"

그렇게 되면 발렌도 곤란하지만, 엘리즈가 훨씬 곤란해진다. 한 나라의 군주인 만큼 남들의 이목이 항상 집중될 수밖에 없다. 대놓고 그녀에게 말하지는 않아도, 남들이 오해할 만한 일은 되도록 없어야 했다.

"그러려나?"

"당연히 그렇겠지. 안 그래도 갑자기 내가 귀족이 돼서 못마땅해하는 귀족들도 있을 텐데."

"누가 그래?"

엘리즈의 눈빛이 심상치 않다. 마치 그렇게 말한 이가 있으면 가만두지 않겠다는 듯 보였다. 대놓고 발렌에게 뭐라하는 사람은 없지만, 충분히 있을 법한 얘기다. 그의 어머니는 귀족이었지만 몰락했고, 아버지는 농노 출신이니까.

그나마 용병 생활을 하면서 어느 정도 공을 세웠기에 신분이 상승해 평민이 되었지만, 귀족들의 시선에는 차이가 없을 수밖에 없다. 나라마다 다르지만, 바올라 제국은 아버지의 신분을 따르기 때문에 발렌의 신분을 아니꼽게 보는 자도 충분히 있을 것이다.

"왜? 뭐라고 하게?"

"넌 전대 황제인 작은 오라버니를 위해 뛴 일등 공신이야. 너를 험담하면 내 이름으로 절대 용서하지 않을 거야."

"그건 정말 가볍지 않은 일인데……."

황제의 이름으로 용서치 않는다니. 그런 사람이 만약에

라도 발견되면 이 나라에서 발을 붙이고 살 수 있을지 모르겠다. 자신을 위해 화를 내 주는 건 정말 고마운 일이다. 발렌의 얼굴에 미소가 드리워졌다.

"딱히 그런 사람은 없어. 만나는 귀족들이라고 해 봐야 이곳의 마법사들과 이바나 씨, 탑주님이 전부인걸."

세인브리트 마탑의 마법사들은 남에게 정말 무관심한 사람들이다. 발렌이 평민에서 귀족이 되었든 말든 신경 쓰는 사람도 없다. 이바나와 탑주는 발렌을 좋게 생각하고 있어 공을 세운 것에 대단하다고 평가하고 있다.

"혹시 누군가 널 험담하거나 무시하면 내게 말해. 내가 다시는 무시하지 못하게 해 줄 테니까."

"그렇게까지 할 필요는 없어. 애초에 난 신경도 안 쓰니까. 영주라고는 해도 변방 영지이고, 인식도 적으니까. 점차 내 스스로 영주라는 것을 인식을 할 수 있도록 노력을 해야지."

그 덕분에 영지와 관련된 공부도 많이 하고 있다. 다행히 책을 잡다하게 읽은 덕분에 어느 정도 아는 내용들이었다. 그렇게 엘리즈와 발렌이 잡담을 나누자 어느새 찻잔이 비게 되었다. 차를 전부 마신 엘리즈가 아쉽다는 표정으로 그를 바라보았다.

"난 이만 가 볼게. 밖으로 나온 것을 들키기 전에 다시 돌아가야지."

"내가 황성 인근까지 같이 가 줄게."

실력 있는 마법사이지만, 그래도 여성인 터라 엘리즈가 이런 늦은 밤 혼자 돌아가는 것이 걱정되는 발렌. 그가 자리에서 일어나려고 하자, 그녀가 고개를 저었다.

"아냐, 괜찮아. 황성으로 곧장 갈 수 있도록 텔레포트 마법 스크롤을 가지고 왔거든."

그 비싼 마법 스크롤을 가지고 나왔다니. 역시 황제는 대단하구나 생각했다.

"그럼 나중에 또 보자. 황성에 자주 놀러 오고."

"알았어. 네가 바쁘지 않을 때 언제든 불러. 놀러 갈게."

황성에 놀러 간다고 쉽게 말하는 것도 참 우스운 일이다. 발렌이 손을 흔들며 배웅을 하자, 엘리즈가 미소를 지으며 텔레포트 마법 스크롤을 반으로 쭉 찢었다. 곧 그녀의 몸이 빛으로 감싸이며 사라졌다.

*   *   *

그렇게 시간이 지나고 한 달 후. 도서관에 새로 대량으로 입고된 책들을 분류하고 있던 발렌. 잠시 도서관 밖에 나가 일을 보고 있던 제이프가 그에게 다가왔다.

"발렌, 네 어머니께서 찾아오셨다는구나."

"예? 어머니께서요?"

"그래. 면회실에 계시다고 하니 찾아가거라."

발렌이 의아한 얼굴로 하던 일을 잠시 멈추고 면회실로 향했다. 면회실에 도착하니 제이프의 말대로 샤란이 앉아 있었다.

"어머니, 여긴 어쩐 일이세요?"

마이셀 영지로 갔던 샤란이 마탑에 찾아오자 발렌은 상당히 의아할 수밖에 없었다. 그녀가 미소를 지은 채 대답했다.

"텔레포트 게이트가 연결되어서 제대로 작동하는지 확인하기 위해 직접 찾아와 봤단다. 다행히 내 마나로도 충분히 가동할 수 있더구나. 네가 텔레포트 게이트를 타고 급히 이동해야 할 때 사용할 마나석도 가지고 왔단다."

그녀가 그에게 마나석이 든 주머니를 건네주었다. 발렌의 마나로 텔레포트 게이트를 작동시킬 수 없을 때를 대비해 비상용으로 이용하라며 가지고 온 것이다. 발렌은 감사하다 인사했다.

"요즘 어떻게 지내고 있니?"

"늘 똑같아요. 도서관에서 일하고, 가끔 일이 없으면 찾아다니고, 그래도 없으면 창가에 스며드는 햇빛을 쬐며 책을 읽기도 하죠."

"호호, 마지막은 상당히 노인 같은 취향이구나."

나름 평화를 만끽한다고 생각했는데, 그녀가 보기에는 나이든 어르신들의 취향인가 보다. 발렌은 어깨를 으쓱였다.

"어머니께서는 어디서 지내고 계세요?"

"옛날에 마이셀 가문에서 쓰던 저택에 있단다. 저택이 관리가 제대로 안 되어 있어서 보수할 부분은 많지만, 거실은 아직 쓸 만하더구나. 다행히 포드 공방장님이 돕겠다고 하셔서 일사천리로 보수하고 있단다."

"포드 아저씨가요?"

"잘 아는 사이지? 우리가 영지에 도착하니 웃으면서 환영해 주시더구나. 세기어 왕국에서 만났다면서? 오늘 네 아버지와 술 약속이 있다고 하더구나."

발렌이 메튜와 포드가 술을 걸치고 있는 모습을 상상해 봤다. 메튜와 포드의 성격이 서로 잘 맞을 것 같다는 생각이 들었다. 서로 호탕하기도 하고, 술을 좋아하니까.

'누가 주량이 더 센지 대결만 안 했으면 좋겠는데.'

그러다 서로 취해서 그 자리에 자 버리는 게 아닐까 싶은 생각이 들었다. 포드와 전에 마셔 본 적이 있는 발렌은 포드의 주량도 잘 안다. 그가 기억하기로는 메튜와 거의 비등

비등했다.

"그럼 렌은 어떻게 지내고 있어요? 친구들과 헤어져서 울거나 그러지 않아요?"

발렌의 동생인 레이나도 걱정이 되었다. 낯선 곳에서 지내게 되면서 친구와 모조리 헤어졌다. 어린 나이에 이별을 겪었으니 걱정이 앞섰다.

"후후, 렌은 걱정하지 말거라. 벌써 마을 아이들과 친하게 지내고 있단다. 아이들이야 뭘 모르니 그냥 같이 놀고 있지만, 그 아이들의 부모들은 조마조마해하고 있단다."

아무래도 레이나가 이제 신분상 귀족이니 그녀와 노는 모습을 보고 많이 놀란 것이라 판단했다. 그냥 귀족도 아니고, 자신들이 살고 있는 마이셀 백작령 영주의 동생이다. 혹시 자신의 아이들과 놀다가 다쳐 벌을 받으면 어쩌나 허둥지둥거리는 그 모습을 상상하니 재밌기는 했다.

"어머니께서 잘 말씀해 주세요. 걱정하지 않아도 된다고."

원래 애들은 놀면서 다치거나 하지 않던가.

"후후, 그렇게 말해도 그게 마음대로 되겠니? 어린아이들끼리 놀다 보면 서로 싸움이 일어나기도 할 텐데."

"정말 마음을 졸이게 되겠네요."

"우리가 그런 것을 크게 신경 쓰지 않는다는 건 나중에 알게 되겠지. 어린아이들은 원래 그렇게 놀아야 되는 것 아니겠니."

샤란은 어린아이들끼리 싸우는 것이니 크게 간섭할 생각이 없었다. 어린아이들은 싸웠다가도 이튿날이 되면 언제 그랬냐는 듯이 다시 놀지 않던가. 아이들은 원래 싸우면서 크는 거라는 생각이었다.

"어머니는 어렸을 적에 렌처럼 놀았나요?"

"그러고 싶어도 영지전이 진행 중이었던 터라 나가서 놀지 못했단다. 가문이 몰락하기 전부터 센티스 백작과의 영지전이 꽤 오랫동안 지속되었거든."

"……."

자신의 어머니는 기구한 어린 시절을 보냈구나 싶었다. 어쩌면 레이나만큼은 마음껏 뛰어놀게 하려는 것도 자신의 어렸을 적의 기억 때문일지도 모르겠다.

"참, 텔레포트 게이트는 저택 지하와 연결되어 있으니 찾아와서 저택을 찾아 헤맬 걱정은 하지 않아도 된단다. 나중에 내가 저택 인근을 알려 주도록 하마."

"예, 어머니."

그렇게 잠시 말이 멈추고 차를 마시는 시간이 지속된다. 발렌이 살짝 그녀의 눈치를 살폈다. 그가 자신의 눈치를 보고 있는 것을 본 샤란이 물었다.

"무슨 할 말이 있니?"

"예. 조심스러운 질문을 드리려고요."

"뭐니?"

"그…… 세 자작들과는 어떻게 지내고 계신가요?"

샤란이 불편해할 게 뻔하지만, 발렌은 혹시나 해서 물었다. 샤란은 한숨을 내쉬며 고개를 저었다.

"솔직히 말하자면 매우 불편하더구나. 널 위해 움직였고, 지금은 진심으로 후회하고 있다는 것도 알고, 내게 진심으로 용서를 구한다는 것도 알겠으나 쉬이 용서할 수 없더구나."

아무래도 가문이 몰락하고, 가족들이 몰살당한 원인이 그들에게 있으니 당연히 쉽게 용서할 수 없을 것이다. 그 마음은 발렌도 잘 안다.

"마음 같아서는 그들을 그 자리에서 불사르고 싶었으나, 그래도 네 아비가 지켜보자고 하더구나. 그들이 널 도운 것도 사실이고, 네게 충성한 것도, 보여 준 행동도 거짓이 아닌 것 같으니까."

마음은 잘 알아도 용서하기까지는 매우 오랜 시간이 걸릴 게 분명하다. 몇 년, 몇십 년이 걸릴지 모르고, 어쩌면 평생 용서하지 못할 수 있다. 그러나 발렌을 도운 것을 봐서 마음에 품었던 복수심은 잠시 미뤄 두고 있었다. 그것만

으로도 충분히 샤란의 입장에서는 많이 양보해 준 것으로
보였다. 자신의 원수나 다름이 없는 그들을 옆에서 지켜봐
야 한다는 게 안 껄끄러울 수 없으니까.

살짝 어색한 분위기가 되었다. 괜히 말을 꺼낸 것도 같지
만, 그래도 그들을 지켜보자는 쪽으로 마음이 기운 것 같으
니 안심이 되기는 했다. 그렇게 서로 말없이 홍차를 마시고
있는 그 순간이었다. 면회실 문이 갑자기 벌컥 열렸다.

"발렌, 여기 있어?"

"앗, 뜨거!"

발렌이 깜짝 놀라 입을 데였다. 그가 입을 매만지며 물었
다.

"무슨 일이세요?"

"아, 별건 아니고 네 어머니가 오셨다는 말을 들어서 말
이야."

이바나의 시선이 곧 샤란에게로 향했다. 샤란이 자리에
서 일어서며 인사했다.

"오랜만이에요, 미스 엘로이."

"오랜만입니다, 미세스 마이셀."

발렌의 휴가 때 만나 본 적이 있는 둘. 그뿐만 아니라 엘
리즈도 함께 만났었다.

"고향에서 만나고, 아루스 황제 폐하의 즉위식 겸 공을

치하하는 자리에서 잠깐 얼굴만 본 이후로 처음이죠?"

워낙 경황이 없어 발렌의 공을 치하했을 때 말을 제대로 섞어 보지도 못했던 샤란과 이바나.

특히 샤란이 그러했다. 몰락했던 자신의 가문이 다시 되살아났고, 자신은 원래 자리로 돌아왔으니까. 자신의 생애 동안 다시 가문이 부활하게 될 줄은 상상도 못했다. 덕분에 복잡한 얼굴로 황급히 돌아갔었다. 샤란이 고개를 주억였다.

"예, 그때는 제가 워낙 놀라서 제대로 인사하지 못해 죄송합니다."

발렌이 직접 마이셀 영지를 되찾았다는 것과, 자신의 과거를 잘 알고 있다는 사실은 나중에 알게 되었다. 어떤 경로로 가문에 대해 알게 되었는지는 모르지만, 자신이 발렌에게 말했다고는 꿈에도 생각하지 못하고 있었다.

"아니에요. 충분히 그럴 수 있는 걸요. 전 이해해요."

"그렇게 말씀해 주시니 감사합니다. 언제든 마이셀 영지에 찾아와 주세요. 제가 맛있는 요리를 대접해 드리겠습니다. 아, 황녀님도 오시면 되겠군요."

아직 그녀는 아루스가 행방불명된 것과 엘리즈가 황제가 된 것을 모르고 있었다. 세인브리트와 마이셀은 거리가 꽤 떨어져 있다 보니 아직 거기까지 소식이 전해지지 않은 듯

하다. 그 사실은 나중에 말해 주기로 하면서 발렌이 물었다.

"또 저녁 식사에 초대하시게요?"

일전에 저녁 식사를 초대했던 것이 기억난 발렌이 물은 것이다. 샤란이 고개를 갸웃거렸다.

"미스 엘로이를 집에 초대한 적이 없지 않니?"

"아올란 마을에서 제 휴가 때 마을에 들러 머무는 김에 초대했었잖아요."

"무슨 소리니? 그때 마법 병단은 흑마법사에 대적할 준비를 해야 한다고 해서 초대하지 못하지 않았니?"

발렌은 잠깐 생각하다 아차 싶었다.

'맞다. 내가 편지를 보냈었지.'

너무 오랫동안 같은 날을 반복하다 보니 잠시 착각했다. 발렌이 웃으며 얼버무렸다.

"하하, 제가 다른 일과 착각했나 보네요."

"네가 착각도 하고. 드문 일이구나."

샤란은 그럴 수 있다고 생각하며 그냥 넘어갔다. 반면 이바나는 기억에는 없지만 아올란 마을에서 그가 리셋하면서 저녁 식사에 초대된 적이 있었다는 걸 알게 되었다. 샤란이 다시금 이바나에게 시선을 돌리며 물었다.

"제 아들이 폐를 끼치지는 않나요?"

"항상 끼치고 있습니다. 발렌이 항상 제게 걱정을 많이 시키고 있죠."

발렌이 이바나를 바라보았다. 사실이라서 부정은 하지 못하나, 그래도 예의상 '폐는 무슨…….' 이라는 말을 하면 어디가 덧나느냐는 표정이다. 그러나 샤란은 후후 웃었다.

"제 아들 대신 사과를 드리겠습니다. 사실 제 가족들도 걱정이 큽니다. 갑자기 위험한 일에 나서고 있으니까요. 원래 이런 아이가 아니었는데, 발렌도 야심이 있던 모양입니다."

딱히 야심이 있어서 위험한 일을 하는 건 아니지만, 남들에게는 그렇게 보이는 모양이다. 그가 남몰래 한숨을 내쉬자, 이바나가 호호 웃었다.

"나중에 발렌을 크게 혼내 주신다면 그것으로 만족할게요."

"미스 엘로이의 뜻대로 하죠."

"그럼 전 이만 할 일이 있어 가 보도록 할게요."

이바나가 인사를 하며 돌연 나가 버렸다. 여기에 온 목적은 단순히 샤란이 왔으니 인사하기 위해서인 듯했다. 잠깐이지만 시간을 내 준 것이 감사했다.

"후후, 미스 엘로이께서는 널 많이 생각해 주시는구나. 나를 만나기 위해 직접 찾아오고 말이지. 넌 미스 엘로이를 어떻게 생각하고 있니?"

샤란이 의미심장한 표정으로 그를 바라보며 미소를 짓고 있다.

'어째 분위기가……'

며느릿감을 발견한 어머니의 얼굴 같다는 생각이 들었다. 착각이겠거니 생각하며 자신이 이바나에 대해 생각했던 것을 대답했다.

"장난기가 많긴 하지만, 정이 많고 좋은 분이에요. 무엇보다 관심을 가진 것에는 깊게 파고들죠. 남들은 알아주지 않지만, 이바나 씨는 연금술을 독학했죠. 게다가 소신이 있다고 해야 할까요? 한번 뜻을 세운 건 쉽게 포기하지 않아요. 전 이바나 씨의 그 점에 대해서 항상 존경하고 있어요."

발렌은 이바나를 보면서 그리 생각해 왔다.

"그러니? 혹시 마음에는 두고 있니?"

"어휴, 탑주님의 손녀분인데 제가 어떻게 이바나 씨를 마음에 둬요."

"후후, 사람의 감정이라는 건 알다가도 모르는 거란다."

샤란이 발렌의 머리에 손을 얹으며 쓰다듬었다. 아무래도 자신의 어머니가 그녀를 며느릿감으로 생각하고 있다는 것을 확신할 수 있었다.

　　　　　　　*　　　*　　　*

　센티스 백작가. 센티스 백작은 여전히 반쯤 넋이 나간 상황이었다. 엘리즈의 생일 연회가 벌어진 지 벌써 일 년이 넘었건만, 그는 도무지 정신을 차리지 못하고 있었다. 이반의 자살이 그에게는 여전히 충격인 것이었다. 지금은 어느 정도 정신을 차린 듯하지만, 예전처럼 오랫동안 일에 집중하지 못했다. 그리고 그를 옆에서 보좌하는 집사 바르카가 인근 영지의 일에 대해 그에게 보고했다.

　"영주님, 얼마 전 있던 내전으로 인해 마이셀 가문이 다시 부활했다고 합니다. 엔더크, 벨루나, 마덴 남작은 자작 위로 올랐다고 합니다."

　"마이셀……?"

　센티스 백작이 그를 바라보았다. 이미 사라진 지 20여 년이 지난 그 가문이 왜 부활했냐는 듯 바라보는 것이다.

　"발렌시아가 그 가문의 영주가 되었다고 합니다."

　"발렌시아?"

　어디서 많이 들어 본 이름. 발렌시아라는 이름은 이 나라에서 흔하다면 흔한 편이다. 이 나라에서 발렌시아라는 이름을 가진 이는 평민은 물론 귀족 중에서도 몇몇 있다. 그러나 센티스 백작이 아는 발렌시아라는 이는 자신의 아들을 자살하게 만든 자였다. 집사가 고개를 주억였다.

"예, 이반 도련님을 그렇게 만든 자입니다."

"그자가 어떻게!"

센티스 백작이 자리에서 벌떡 일어났다. 몰락했던 마이셀 가문이 어떻게 그에 의해 다시 부활했다는 말인가!

"그자에 대해 조사해 보니, 행방불명되었던 샤란 디 마이셀의 친아들이라고 합니다. 샤란 디 마이셀은 그간 시이나라는 가명을 사용하며 남바른 공작령의 아올란 마을에 정착해 가정을 이루고 있었다고 합니다."

연이은 충격이다. 연회 때 그의 신위를 보았었다. 그에 마이셀 가문에 대해 의심을 하기는 했으나, 그럴 틈도 없이 이반이 자살하는 바람에 지금까지 조사를 하지 못했다. 정신을 어느 정도 차리고서 발렌이나 그의 가족들을 납치해 올 생각도 했지만, 쉽게 실행하지는 못했다. 세인브리트 마탑 숙직실에 머물고 있는 그에게 쉽게 도달할 수 없었기 때문이다. 게다가 그의 가족들은 남바른 가문에서 지키고 있었다. 거기다 그의 기사들까지 결투에서 진 것으로 보복하는 행위는 옳지 않다며 반대하여 계획이 무산되기도 했다.

이래저래 여러 가지 사건이 연이어 있고, 뜻대로 일이 진행되지 않아 지금까지 손을 놓고 있을 수밖에 없었다.

"감히 남 앞에 내놓을 건 핏줄 하나밖에 없는 평민 출신 주제에……."

그의 눈빛이 조금씩 살아나고 있었다.

"내 자식을 죽인 그놈을 용서치 않을 것이야."

지금까지 넋이 나가 있던 센티스 백작의 표정이 다시금 되돌아왔다. 센티스 백작은 복수심으로 활활 불타오르고 있었다. 마이셀의 뿌리를 없애지 못한 것이 천추의 한이다. 이번에야말로 마이셀의 뿌리를 완전히 없애 버리겠다는 의지로 가득했다.

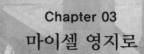

Chapter 03
마이셀 영지로

　＜마정석＞

　오랜 세월 마나에 노출되어 자연적으로 마나를 흡수하게 된 돌. 마정석은 마법사들의 마력을 증가시켜 주고, 부족한 마나를 채워 주어 강력한 마법을 사용할 수 있게 해 준다. 또한 마도구의 핵심 재료로 쓰이기도 한다.

　—『마법의 기초 지식』81p 발췌—

　　　　＊　　　＊　　　＊

다시 시간이 흘러 대청소 날, 청소 도구를 모두 꺼낸 발렌이 제이프에게 물었다.

"이거 정말 우연인가요, 아니면 소피 아주머니의 음모인가요. 왜 항상 대청소 날에는 감자 요리가 나오죠?"

발렌은 식단표를 보고 제이프에게 한탄하듯 말했다. 오늘 저녁은 감자 요리다. 소피 아주머니가 소매를 걷어붙인 그 모습이 머릿속에 떠올랐다.

"그러게 말이다. 대청소 날이 두 달에 한 번이기는 하지만, 어떻게 대청소 날을 기가 막히게도 잘 아는지, 원."

늘 느끼는 거지만, 제이프도 기가 막힌 건 마찬가지다. 다른 사람에게 대청소를 한다는 말은 전혀 하지 않는다. 말하는 건 발렌 뿐. 발렌도 누군가에게 대청소한다고 말하는 사람은 아니다.

발렌과 제이프가 식단표를 보고 잠깐 우울한 상태로 한숨을 내쉬다가 동시에 말했다.

"외식하죠."

"외식이나 하자꾸나."

서로 뜻이 잘 맞았다. 외식으로 뜻이 귀결되니 소피 아주머니의 감자 요리에 대한 생각은 싹 사라졌다. 그들은 청소 도구함에서 꺼낸 청소 도구로 청소를 시작했다.

해가 어둑어둑 지려고 할 때쯤 청소를 끝낸 그들은 기진

맥진한 듯 의자에 앉아 있었다.

대청소를 할 때마다 느끼는 거지만 오늘은 정말 힘들었다. 그래도 다행이라면 오늘은 잔업이 없어서 빨리 끝낸 편이라는 것이다.

아직 퇴근 시간까지는 좀 남았고, 잔업은 없다. 오늘은 외식을 하기로 했으니 퇴근 시간까지 기다렸다가 나가면 될 것이다.

그렇게 한참 휴식을 취하고 있는 도중이었다.

끼이익—!

도서관 출입문의 경첩이 시끄럽게 울렸다. 출입문을 연 사람은 도서관 밖을 지키는 경비병이었다.

"발렌, 손님이 왔다는구나. 네 영지의 사람이라는데?"

발렌이 의아한 얼굴로 경비병을 바라보다가 제이프에게 시선을 돌렸다.

"갔다 오거라."

제이프의 허락을 받고 발렌이 면회실로 향했다. 면회실에 도착하니 벨루나 자작이 있었다.

"벨루나 남작…… 아니, 자작. 오랜만입니다. 세 달 만이던가요?"

"네 달 정도 된 것 같습니다, 영주님."

벨루나 자작이 발렌을 부르는 호칭이 발렌시아 님에서

영주님으로 바뀌었다. 영주님이라고 불리니 기분이 참으로 묘했다. 그가 머리를 긁적이다가 벨루나 자작에게 물었다.

"여기까지 무슨 일이시죠?"

"센티스 백작가의 움직임이 심상치 않다는 소식을 전해 드리려고 왔습니다."

센티스 백작가란 말에 발렌이 인상을 찌푸렸다. 마이셀 가문의 오랜 숙원 관계 때문이기도 했지만, 개인적으로도 센티스 백작가에 대해 좋지 않은 인상이 강했기 때문이다.

"센티스 백작가에서 무슨 일을 벌이고 있는 거죠?"

"센티스 백작이 마정석 광산을 다시 되돌려 달라고 요구하고 있습니다. 마정석 광산은 오래전부터 자신의 영지에 속해 있었고, 마덴 남작가에서 그것을 빼앗았으니 마이셀 백작가는 다시 돌려주는 것이 정당하다고 요구하고 있습니다."

발렌이 기가 막힌다는 표정으로 그에게 물었다.

"그 광산은 원래 마이셀 가문의 것이 아니었던가요?"

"예, 맞습니다. 20여 년 전 센티스 백작이 마정석 광산을 빼앗기 위해 영지전을 선포했지요. 하지만 마정석 광산은 오래전부터 센티스 백작가와 마이셀 백작가의 분쟁 이유이기도 했습니다."

마정석 광산으로 벌어들일 수 있는 수익이 꽤 되기에 서로 그것을 양보할 수 없었다. 뺏고 빼앗기는 그런 곳이 되어 버렸다.

'게다가 마이셀 가문이 다시 부활했으니……'

센티스 백작은 똥줄이 탈 것이 분명했다. 그의 입장에서는 마이셀 가문이 다시 부활하는 게 탐탁지 않은 일일 테니까.

동부에서 최강 영지의 영주로 군림하고 있던 그는 마이셀 가문 때문에 다시금 밀리는 것 또한 원치 않을 것이다.

"어머니는 어떻게 하고 계세요?"

"샤란 님께서는 마덴 남작령이 마이셀 가문에 흡수되었으니 마정석 광산도 마이셀 백작가의 것이라고 답변을 보냈습니다. 그런데 최근, 센티스 백작가에서 병력들을 집결시키고 있다고 합니다."

"설마 영지전을 준비하는 건가요?"

센티스 백작이 이제는 영지까지 빼앗으려 하고 있다는 생각이 먼저 들 수밖에 없었다.

"전부터 정해진 훈련이라고 알려 왔지만, 마정석 광산 인근에서 훈련하려고 하고 있습니다. 일종의 시위이면서 기습을 하려는 것처럼 보이기도 합니다."

"기습? 영지전에서 기습을 해 온다고요?"

그건 영지전에서는 있을 수 없는 얘기다. 영지전은 명분도 명분이지만, 공격하려는 상대에게 정식으로 영지전을 선포해야지만 가능하다. 기습을 해 온 순간 센티스 백작가는 귀족 사회에서 비난과 함께 불명예를 뒤집어쓰게 될 것이다.

"그들이 훈련이라는 명목으로 병력을 마정석 광산 인근에 배치하고, 영지전을 선포한다면 기습은 아니게 될 겁니다. 20여 년 전과 비슷한 상황으로 보아 훈련 도중 칼을 이쪽으로 돌리게 될 겁니다."

"영지전을 선포한다 하더라도 준비를 할 시간을 줘야 한다고 책에서 봤어요. 그 기간은 얼마나 되죠?"

"법으로 제정된 것은 아닙니다. 그저 영주들끼리 암묵적으로 적용한 기간이지요. 그것을 지키지 않으면 다른 귀족들의 입에 오르겠지만, 누가 나서서 대놓고 비난할 만큼 큰 것은 아닙니다."

"정말 너무하는군요."

발렌은 한숨을 몰아쉬었다. 명분만 있다면 언제든 그들이 쳐들어올 수 있다는 뜻이 아니던가.

"게다가 아직 엔더크 남작령이었던 곳은 복구가 제대로 되지 않은 상황입니다."

내전으로 인해 엔더크 남작령이 있던 곳은 제대로 된 일을 하지 못하는 실정이다. 그나마 다행이라면 내전 때 활약한 병사들은 피해를 거의 입지 않아 병력에 공백이 없다는 것이다.

"센티스 백작가의 병력은 얼마나 되죠?"

"마덴 자작의 말로는 대략 만 명은 된다고 합니다. 그중 성을 지킬 최소한의 병력만 남겨 두고 나온다면 육천 명 이상으로 추측하고 있습니다."

"……많군요."

발렌이 침음했다. 이쪽은 천여 명인 것에 비해 적들의 수는 그 세 배가 넘는다.

아루스는 만 명이 넘는 병력을 상대로 승리했지만, 발렌은 그럴 자신이 없었다. 오히려 잘 막아 낼 수 있을까란 생각부터 들었다.

"그나마 다행인 것은 얼마 전 내전을 통해 전투 경험이 있는 병사들이 다수라는 겁니다. 병사들의 질은 우리가 우위에 서 있습니다."

마덴 자작이 영주였을 때 영지전으로 마정석 광산을 탈환하는 과정에서 센티스 백작가도 전쟁을 겪었다 말할 수 있지만, 일방적으로 당하기만 했었다. 그래도 힘든 싸움임에는 변치 않을 것이다.

발렌은 고개를 주억였다.

"제가 가야겠죠?"

"예, 영지의 일이니 영주님께서 급히 오셔야 할 것 같습니다."

샤란은 영주가 아닌 대리인이다. 당연히 영주만 할 수 있는 명령은 내릴 권한이 없다.

발렌이 고개를 주억였다.

"센티스 백작가의 움직임을 계속 주시하시고, 저들의 동태를 계속 살필 수 있도록 해 주세요. 전 탑주님께 말씀드리고 가도록 할게요."

"예, 샤란 님께 말씀드리도록 하겠습니다."

벨루나 자작이 인사를 하고 바로 자리를 떴다. 텔레포트 게이트까지 배웅을 하고, 발렌이 도서관으로 돌아왔다.

"관장님, 저 자리를 비워야 할 것 같아요."

"무슨 일인데?"

"아무래도 영지의 일이 좀 급박해 보여서요. 잠깐 가 봐야 할 것 같아요. 오늘 외식은 하지 못하게 되었네요."

"그러냐?"

제이프는 알겠다는 듯 고개를 주억였다. 영지의 일인데 별수 있나. 그가 영주로 있으니 어쩔 수 없는 일이다. 영주가 영지의 일을 우선시하는 게 맞으니까.

"다행히 대청소는 끝내고 가니까 안심이네. 탑주님께 얼른 보고하러 가 봐."

발렌은 다시 한번 죄송하다 말하고 마탑으로 향했다. 이제 퇴근 시간도 되었겠다, 제이프가 자리에서 일어나 퇴근 준비를 서둘렀다.

영지의 일을 말하고, 잠시 자리를 비워도 되겠냐고 허락을 받기 위해 탑주의 집무실을 찾은 발렌. 그의 얘기를 듣고 탑주가 입을 열었다.

"자리를 자주 비우면 좋지 않다는 건 잘 알고 있지 않니? 사서의 일이든, 내 가르침을 받는 일이든."

아루스를 구출하고 내전을 겪는 동안 그는 마탑에 들어오지 못해 해고된 경력이 있다. 다행히 다시 복직할 수 있었지만, 다시 자리를 비워야 한다는 것에 송구스러웠다.

"저도 그 점은 면목 없다 생각합니다."

"영지의 일이라면 별수 없지."

탑주도 이해한다는 듯 고개를 주억였다. 세인브리트 마탑은 가문의 일에 대해서는 매우 관대한 편이다. 아무래도 신분이 다양한 사람들이 있다 보니 영주도 몇몇 끼어 있는 것이다.

대부분 영주 자리를 친족에게 물려주고 들어온다지만, 아주 드물게 누군가에게 물려주지 않은 자도 있었다. 영지 관리는 가신들에게 맡기고 자신은 세인브리트 마탑에 마법사로 들어오는 것이다.

"센티스 백작가와 마이셀 백작가는 옛날부터 숙원이었으니 조심해야지. 다시 부활한 가문이 사라지는 건 너도 싫을 것 아니더냐."

발렌은 고개를 주억였다.

어머니의 가문을 자신이 부활시켰고, 자신이 그 가문을 이어받게 되었다. 어머니의 오랜 염원을 이루어 주게 되었는데, 허망하게 잃을 수는 없었다.

"가거라. 하지만 가는 건 내일이다. 텔레포트 게이트를 열어 줄 마법사가 퇴근을 했거든. 내일 아침 9시에 올 테니 그때까지 짐을 싸고 가면 될 게다. 일단 내게 보고를 하였으니 그대가 자리를 비운 만큼 휴가에서 제외시키도록 하지."

발렌이 탑주에게 감사의 인사를 했다.

* * *

이튿날 아침이 밝아 오고, 발렌은 제이프에게 며칠 간 영지의 상황을 보고 오겠다고 보고한 후, 텔레포트 게이트 앞으로 왔다. 텔레포트 게이트를 관리하는 마법사는 아직 시간이 되지 않았으니 조금만 기다려 달라고 말했다.

잠시 그 앞에 있는 의자에 앉아 대기하고 있는 발렌. 그는 비교적 가벼운 짐만 가지고 있었다.

오랜만에 가는 영지. 그리고 새로운 자신의 집이 어떻게 생겼는지도 궁금했다. 시간이 좀 흘렀으니 이제 보수도 마쳤을 것이다.

텔레포트 게이트를 열 때까지 기다리고 있자니 좀 심심했던 발렌이 책을 펼쳤다. 텔레포트 게이트가 열릴 때까지 책으로 심심함을 달래려는 것이다.

"발렌!"

책에 집중도 하기 전에 자신을 부르는 소리가 들려왔다. 목소리가 들려온 곳으로 시선을 향하니 이바나가 다가오고 있었다.

"나도 같이 가."

발렌이 의아한 얼굴로 그녀를 바라본다. 그녀는 짐 보따리를 잔뜩 이고 있었다.

"어떻게 아셨어요?"

"어떻게 알기는. 할아버지 집무실 옆을 지나다가 네가 할아버지에게 말하는 걸 들었지. 센티스 백작이 또 무슨 일을 벌일 것 같다면서?"

그걸 또 기가 막힌 순간에 주워들은 그녀를 보고 감탄하는 발렌. 텔레포트 게이트 관리자가 이바나에게 물었다.

"이바나 님. 탑주님의 허락이 없으면 텔레포트 게이트를 이용하실 수 없으십니다."

"걱정하지 마세요. 이미 허락을 받았으니까요."

"허가증이 있으십니까?"

"여기요."

이바나가 텔레포트 게이트 관리자에게 허가증을 건넸다. 허가증을 확인한 텔레포트 게이트 관리자가 잠시 기다려 달라며 다시금 준비를 한다.

발렌이 물었다.

"정말 탑주님께서 허락을 하셨어요?"

이바나가 가까이 오라는 듯 손짓했다. 발렌이 귀를 가까이 향하자 그녀가 귓속말을 했다.

"허락 안 받았어. 할아버지는 이 사실을 전혀 몰라. 애초에 너와 함께 간다고 하면 절대 허락 안 해 주실 게 뻔하잖아. 그래서 몰래 허가증을 훔쳐왔지."

"……."

뭘 당연한 질문을 하냐는 듯 당당히 말하는 이바나. 발렌이 황당한 얼굴로 그녀를 바라보았다. 자신하고 함께 가기 위해서 허가증까지 훔쳐 오다니. 정말 다른 의미로 대단하다는 생각이 들었다.

"전에 내전 시작하기 전에도 몰래 나오셨는데, 또 이러시면 크게 혼나는 거 아니에요?"

"뭐, 어때. 어차피 난 곧 이 마탑에서 나올 사람인데. 이미 국가적으로 연금술사로 인정받았으니 할아버지도 내가 뭘 하든 완전히 포기한 것 같던데?"

"……?"

발렌은 의아한 얼굴로 그녀를 바라보았다. 마탑에서 나올 사람이라니?

"마탑에서 나온다는 건 무슨 소리예요?"

"후후, 비밀."

이바나가 검지를 입에 얹으며 장난스럽게 웃었다. 발렌은 여전히 오리무중이었다. 자신의 영지에 곧 이바나가 관리하게 될 연금술사의 탑이 지어지고 있다는 것을 모르고 있는 것이다. 현재 마이셀 영지에서 영주 대리인으로 영지를 관리하고 있는 샤란도 연금술사의 탑이 건축되고 있다는 것은 알고 있지만 관리인이 이바나인지 전혀 모르고 있었다.

"이비 스톤이 필요하잖아? 그걸 만들 수 있는 사람은 나뿐인데, 내가 가야지."

이바나는 아직 이비 스톤을 만드는 방법을 공개하지 않았다. 때문에 이비 스톤을 만들 수 있는 사람은 이바나가 유일했다.

확실히 이바나가 있으면 전력 면에서도 든든할 것이다.

그러나 그녀가 올 필요는 없었다.

"이건 영지의 일이에요. 이바나 씨까지 오실 필요는 없어요."

영지 간의 일은 다른 가문에서 정당한 명분이 없는 이상 간섭하지 못한다. 이것은 마이셀 가문과 센티스 가문의 일이다.

"난 확인하려는 것뿐이야."

"무슨 확인이요?"

"센티스 백작가가 너에게 앙심을 품고 복수를 하려는 것 같아서 말이야. 난 분명히 말했어. 너와 결투에서 진 복수를 하겠다고 해코지하면 엘로이의 이름으로 가만두지 않겠다고."

엘로이 가문의 영향력이면 센티스 백작가를 귀족 사회에서 매장시키는 건 일도 아니다.

"게다가 넌 남바른 공작가의 보호도 받고 있고 말이야. 무슨 일이 있거든 남바른 공작가에서 손을 뻗을 수 있잖아."

레딘도 발렌의 안전을 위해 많은 도움을 주고 있었다. 이들이 직접적으로 영지의 일에 간섭하지는 못하겠지만, 만약 센티스 백작이 개인적인 복수로 공격을 하려거든 엄청난 각오를 해야 할 것이다. 대륙 최고의 마법사 가문과 기사 가문의 보호를 받고 있으니 그들도 함부로 나서지 못할 것이라는 생각도 들긴 하지만, 그건 모르는 일이다.

"저도 그 생각은 해 봤지만, 거리가 너무 멀다는 게 걸리더라고요."

남바른 공작령과 센티스 백작령의 거리는 보통 먼 것이 아니다. 수도의 바로 옆에 붙어 있는 남바른 공작령. 게다가 남바른 공작가와 루베너 공작가는 숙원 지간이다. 남바른 공작이 발렌을 돕기 위해 병력을 이동시키게 된다면 그만큼 전력이 약해지는 것이고, 루베너 공작이 무슨 짓을 할지 모른다.

텔레포트 게이트를 탄다고 하더라도 이동할 수 있는 숫자도 제한적인 데다, 비용도 많이 든다. 제아무리 대귀족 가문이라도 수천 명의 병력을 이동시키기에는 힘들 것이다.

'이렇게 보면 바하족들이 참 대단하다 싶기도 하네.'

바하족들은 그만큼 많은 수의 마도구를 약탈하고 다녔다는 뜻이다. 수백 명을 전부 이동시키려면 엄청나게 많은 수의 마정석이 필요할 테니 말이다. 상상을 뛰어넘는 수의 마도구를 약탈했다는 뜻도 되었다.

"이제 준비가 다 되었습니다."

텔레포트 게이트를 관리하는 마법사의 말에 발렌이 자리

에서 일어난다. 그리고 이바나에게 묻는다.

"정말 괜찮아요?"

"뭐가? 할아버지한테 잔소리 들을 걸 걱정하는 거야? 그건 걱정하지 마. 잔소리를 한두 번 듣는 것도 아니고."

발렌이 고개를 저었다.

"아뇨. 뭔가 이바나 씨가 저랑 함께 가면 다른 사람들에게 어떻게 비춰질지 몰라서요."

이바나랑 자주 옆에 있다 보니 남의 시선이 계속 걸릴 수밖에 없었다. 일전에 식당에서 식사를 하던 도중 소피 아주머니가 와서는 미스 엘로이랑 무슨 관계냐고 물었던 적도 있었다. 자주 옆에 붙어 있다 보니 그런 오해가 생긴 것이다.

이바나가 어깨를 으쓱였다.

"할아버지도 그걸 걱정하는 것 같더라. 말은 안 하는데 너랑 무슨 관계냐고 물어볼 듯 말 듯 계속 주저하셨어. 그런데 난 별로 신경 안 써. 오해할 테면 오해하라지."

그런 건 좀 신경을 써야 되지 않을까, 그런 생각을 하면서 발렌이 마법진 위로 올라섰다. 이바나도 텔레포트 게이트 위에 올라섰다.

"목적지는 어딥니까?"

"마이셀 영지로 부탁드립니다."

"예, 알겠습니다."

마법사가 곧 주문을 외웠다. 주문을 외자 마법진이 빛을 발한다. 빛이 점점 더 강해지다 이내 터져 나오며 그들의 몸을 감싸고 시야가 백색으로 가득해졌다.

*　　　*　　　*

"이바나, 어디 있느냐."

이바나의 수련을 위해 그녀를 찾는 탑주. 내일부터 당분간 수련을 못하기에 오늘 몰아서 하겠다고 말했더니, 사라져 버렸다. 마탑 이곳저곳을 돌아다니면서 아무리 불러도 이바나는 찾아볼 수 없었다.

"얘가 어딜 간 거지? 아무 말도 없이 땡땡이를 친 건가?"

정말 땡땡이를 친 이유가 수련을 하기 싫어서라면 단단히 혼내기로 했다. 국가적으로 연금술사로 인정받아서 최근에 들떠 있는 이바나. 그것 때문에 그녀가 하는 일에 아무 말도 안 했더니 너무 자기 멋대로 하는 것 같다는 생각을 하며 찾아다녔다.

그러나 아무리 둘러봐도 보이지 않았다. 발렌은 마이셀 영지로 갔으니 도서관에 갈 이유도 없고, 아직 식사 시간도

멀었다.

결국 방까지 직접 찾아온 탑주. 처음에 방문을 두드렸지만 반응이 없었다. 혹여나 다시 방에 돌아왔을까 찾아간 탑주.

"이바나, 안에 있느냐?"

"……."

안에서는 여전히 응답이 없다. 혹시나 하는 마음에 그가 문을 열었지만, 이바나는 보이지 않았다. 그녀가 만드는 실험품도 전혀 보이지 않았다. 문득 불안한 생각이 든 탑주가 뛰쳐나갔다.

"얘가 발렌시아 사서랑 함께 가기라도 한 건가? 이바나!"

탑주가 열심히 그녀를 찾았지만 역시나 보이지 않는다. 탑 밖으로 나온 그는 지나가던 마법사 한 명을 붙잡으며 물었다.

"혹시 이바나를 보았느냐?"

마법사가 고개를 주억였다.

"예, 오늘 아침에 짐을 잔뜩 들고 텔레포트 게이트가 있는 곳으로 향하는 걸 보긴 했습니다만."

순간 자신이 혼잣말을 한 것이 사실인가 하는 생각이 든 탑주가 재빨리 텔레포트 게이트가 있는 곳으로 향했다. 텔레포트 게이트 관리자는 퇴근 준비를 하는 듯 보였다.

"이보게, 관리자!"

"어이쿠. 탑주님께서 여긴 어인 일이십니까?"

텔레포트 게이트 관리자가 정중히 인사를 했지만, 탑주는 인사를 받아 줄 만큼 여유가 없었다.

"혹 이바나가 텔레포트 게이트를 타고 갔더냐?"

텔레포트 게이트 관리자가 고개를 주억였다.

"예. 오늘 아침에 발렌시아 사서와 함께 텔레포트 게이트를 타고 마이셀 백작령으로 이동했습니다."

"그녀를 왜 보냈나!"

그 말을 듣고 기가 찬 표정을 짓는 탑주. 텔레포트 게이트 관리자가 눈치를 보며 조심스레 물었다.

"탑주님의 허락을 받으신 것 아닙니까? 허가증도 보여 주셨습니다만?"

텔레포트 게이트 관리자가 허가증을 건네주자, 탑주가 빼앗듯이 받으며 확인했다. 허가증은 진짜다. 필체도 자신의 것이다. 하지만 서명을 하는 부분은 조금 어색했다. 나름대로 자신의 필체를 따라 사인한 흔적이 고스란히 묻어나왔다.

"이바나 이 녀석이……!"

마음 같아서는 지금 당장 텔레포트 게이트를 타고 잡으

러 가고 싶었지만, 그럴 수 없었다. 내일 황성에 모여 황제와 함께 귀족들이 국사를 논의하는 대회의가 있기 때문이었다. 탑주도 참석해야 한다. 중요한 자리이기 때문에 불참할 수도 없었다.

"이바나 이 녀석을 그냥……!"

나중에 마탑으로 되돌아오면 그때 단단히 혼내기로 했다.

*　　　*　　　*

눈이 부셔 잠시 눈을 감았다 뜬 발렌은 곧 주변이 어둑어둑한 걸 볼 수 있었다. 이곳은 지하실이었다. 출입구 쪽에 걸려 있는 횃불 하나만이 이 주변을 비추는 유일한 빛이었다.

"도착한 거야?"

이바나의 물음에 발렌이 고개를 주억였다.

"어머니께서 저택의 지하와 연결되어 있다고 하셨으니 아마 그럴 거예요."

텔레포트 게이트를 관리하는 마법사가 실수하지 않은 이상 그들은 무사히 도착했을 것이다.

발렌은 주변을 둘러보았다. 이곳은 물품을 관리하는 창

고로도 쓰이는 모양이다. 낡은 가구들이 가득 있었다. 그러다 문득 발렌은 뭔가를 발견하고 의아한 표정을 지었다. 벽에 걸려 있는 그림이었다.

"이건 뭐지?"

사실적인 그림이었다. 중년의 남성이 로브를 두른 채 서 있는 그림이다. 그러나 그 남성의 얼굴에는 칼이 꽂혔던 듯 구멍이 나 있었다.

발렌이 그림을 바라보고 있자니, 뒤에서 소리가 들려왔다.

"왔니?"

"어머니!"

샤란의 목소리다. 텔레포트 게이트가 가동된 것을 알고 지하실로 내려온 것이다. 제대로 도착한 모양이었다. 샤란은 발렌의 옆에 있던 이바나를 보고 조금 놀란 듯 바라보았다.

"어머, 미스 엘로이께서도 오신 겁니까?"

"예, 미세스 마이셀."

"잘 오셨어요."

샤란이 호호 웃었다. 그러다가 발렌이 그림 앞에 서 있는 것을 보고 미소를 지었다.

"네 외할아버지시란다."

"예? 이분이 제 외할아버지시라고요?"

발렌은 신기하다는 듯 그림을 바라보았다. 그림뿐이지만 자신의 외할아버지를 처음 보았기에 신기한 기분이 들었다.

메튜는 태어날 때부터 고아였고, 샤란은 가문이 몰락한 후 메튜를 만나 발렌을 낳았기에, 발렌은 할아버지를 한 번도 본 적이 없었다.

"남성미가 넘치는 분이셨네요."

마이셀은 대대로 마법사 가문이라는데, 그림에 있는 외할아버지는 기사처럼 당당해 보이기까지 했다. 로브가 아니라 플레이트 메일을 입혀 놔도 손색이 없을 것 같을 정도다.

"후후, 실제로 성격도 화끈하셨단다. 자상하셨지만 엄할 때는 엄하고, 적들 앞에서는 항상 근엄하셨단다. 젊었을 적 네 아비처럼 말도 상당히 거치셨지."

"아버지가 과거에 말이 거칠었다는 건 처음 듣네요."

그래도 대충 어땠을지 머릿속에 상상이 갔다.

"참, 이럴 때가 아니지. 어서 올라가자꾸나. 렌이 네가 언제 오는지 매일 물어봤단다. 기대가 큰 모양이던데?"

"그래요?"

발렌은 알겠다며 그녀를 따라 계단을 올라갔다.

"식사는 했니?"

"아직 안 했어요. 어머니가 해 주시는 요리를 먹으려고 일부러 굶고 왔죠. 어머니가 해 주시는 요리보다 맛있는 건 없더라고요."

"호호, 애는."

자신이 해 준 요리가 맛있다니 기분이 좋아진 샤란이 호호 웃었다.

"렌하고 아버지는 뭐하고 계세요?"

"둘 다 잠을 자고 있단다. 아버지도 일이 없고, 렌도 좀 피곤했는지 곤히 자더구나. 이제 깨워야지."

꽤 오랫동안 잔다는 생각이 들었다. 이제 오전 9시인데 아직까지 자고 있다니. 특히 메튜는 나무꾼 일을 하다 보니 이른 아침에 일어나는 편이다.

그렇게 지하실에서 나온 그들. 발렌은 바로 앞에 보이는 창문 너머를 보고 이상하다는 얼굴을 지었다.

"어라? 해가 중천에 떠 있네요?"

발렌은 고개를 갸웃거렸다. 분명 그는 아침에 일어나 텔레포트 게이트를 타고 오지 않았던가? 그런데 해가 중천에 떠 있는 것을 보니 뭔가 이상했다.

"이상한 일이니?"

"텔레포트 게이트를 타기 전에는 아침이었는데요?"

발렌의 말을 이해한 이바나가 피식 웃었다.

"무슨 말인가 했더니, 시차 때문이야."

"아……."

나라마다 시차가 있다는 말은 들었지만, 실제로 체감한 적은 이번이 처음이었다. 그도 그럴 것이 세기어 왕국이나 아루스를 데리고 엔더크 남작령으로 왔을 때 마차를 타고 왔기 때문이다. 시차가 나는지 전혀 체감할 수 없었다.

"확실히 세인브리트라면 대략 4시간 정도 차이가 나겠구나. 지금은 1시가 넘었단다."

발렌은 시차를 감안해 생각하기로 하고 고개를 주억였다.

발렌은 샤란의 안내를 받으며 저택을 구경했다. 샤란은 저택 내부를 돌아다니면서 발렌의 방과 이바나가 머물 방이 어디인지도 안내를 해 주었다.

방에서 짐을 풀고, 곧 거실로 나온 발렌은 메튜와 레이나를 볼 수 있었다.

"오빠!"

"어서 오거라."

"렌, 아버지. 오랜만이에요."

레이나가 발렌에게 달려와 끌어안았다. 격하게 환영해 주는 것을 보고 미소를 보이는 발렌. 레이나가 그를 올려다

보며 물었다.

"오빠, 마법 보여 줄 수 있어?"

"마법?"

"다음에 만나면 보여 준다고 했잖아."

발렌은 오래전 기억을 되짚었다. 확실히 휴가를 나왔을
때 배운 지 얼마 되지 않아 나중에 보여 준다고 했었다.

"참, 그랬었지."

"설마 아직도 마법을 익히지 못한 거야?"

레이나가 잔뜩 기대하고 있다가 실망감 어린 표정을 짓
자, 발렌은 미소를 지으며 고개를 저었다.

"아냐. 오빠 마법 쓸 줄 알아."

"정말?"

"물론이지. 위험하니까 강한 건 보여 주지 못하지만, 간
단한 마법은 보여 줄게."

"와~!"

레이나가 만세를 하며 신나 했다. 그 모습을 보니 어린애
구나 싶었다. 레이나는 곧 뒤에 있던 이바나와 눈을 마주쳤
다.

"이비 언니다!"

"안녕."

"어서 와, 언니!"

레이나가 이번에는 이바나 앞으로 와서는 배시시 웃었
다. 이바나도 자신도 모르게 미소를 지으며 그녀의 머리를
쓰다듬었다.

"네 동생, 처음 봤을 때부터 느낀 건데, 정말 너랑 안 닮
았다."

"전에 말하지 않았던가요?"

"응? 말했나? 이런 말은 한 적 없는 거 같은데?"

이바나는 아무리 생각해도 그런 말을 한 적이 없다고 생
각했다. 발렌도 잠시 고민했지만 고개를 저었다.

'이제는 뭐가 뭔지 모르겠다.'

하도 기억이 얽히고설키다 보니 이제는 뭐가 뭔지 모를
지경에 이르렀다. 그 지옥 같은 일주일을 보통 많이 겪은
게 아니다 보니 마지막에 어떻게 지냈는지도 잊을 지경이
다.

*　　*　　*

식사를 마치고, 발렌은 레이나에게 저택을 안내받았다.
레이나가 자신이 안내를 해 주고 싶다면서 샤란에게 보챘
기 때문이다.

"생각보다 넓네요."

"그러게. 우리 가문의 저택만큼은 아니지만 넓긴 하네."

이바나도 이 저택이 넓다는 것을 인정했다. 까딱 잘못하다가는 길을 잃겠다고 생각한 건 황성에 들어가 본 이후로 처음이었다. 이바나도 인정할 정도면 한때 정말 부유하고 영향력 있던 귀족가였다는 것을 알 수 있었다.

"우리 영주님께서는 어깨에 짊어진 게 많겠어. 선대 영주들의 영광을 재현해야 할 테니까."

발렌이 머리를 긁적였다. 선대 영주들의 영광이 얼마나 빛났는지 자세히 모르는 발렌은 어떻게 해야 할지 좀처럼 감이 잡히지 않았다. 애초에 영주라는 신분만으로도 이미 크게 성공했다고 생각하는 발렌이다.

"여기서 얼마나 더 키울 수 있을지 모르지만, 노력해야죠."

"그래, 영지 일을 먼저 생각하는 모습을 보니 이제 영주가 다 된 것 같다. 열심히 해서 남바른 가문이나 내 가문처럼 명예로운 가문이 되어 봐."

"……그거 사실상 불가능한 목표인 거 아시죠?"

먼 옛날 악룡을 퇴치한 드래곤 슬레이어 가문과, 대륙 최고 마법사 가문에 버금가는 가문이 되어 보라니. 절대 불가능한 목표다.

"그만큼 노력하라는 거지."

이바나가 장난스럽게 웃었다. 그렇게 잡담을 하면서 저택 안내를 받은 그들. 레이나가 콧노래를 부르며 물었다.

"이제 다 안내해 줬어. 다 기억하지?"

"전부 기억하지는 못하지만 대충 갈 만한 곳들은 기억했어. 고마워, 렌. 생각 안 나면 나중에 물어볼게."

"응!"

힘차게 대답하는 걸 듣고 발렌이 장하다는 듯 그녀의 머리를 쓰다듬으며 물었다.

"그러고 보니 이 마을 애들하고 잘 지내고 있니?"

샤란에게서 레이나가 이 마을 애들과 잘 놀고 있다는 소리는 들었지만 본인에게 직접 물어보는 발렌. 레이나가 고개를 과장스럽게 끄덕였다.

"이 마을에 에딘이라는 애가 있는데, 걔가 나중에 이 영지의 기사가 돼서 날 지켜 주겠대."

"그래? 에딘이란 애랑 친하니?"

"응. 가끔씩 꽃을 따서 나한테 주기도 해! 에딘은 정말 좋은 애야."

꽃을 따다 준다는 말에 발렌이 울컥했다.

"뭐? 그 에딘이란 녀석은 도대체 어떤 녀석이야!"

발렌이 갑자기 버럭 소리치자 레이나가 흠칫 놀랐다.

"오, 오빠. 화났어?"

레이나가 당황한 모습을 보이자, 도리어 당황한 발렌이 헛기침을 했다.

"아니야. 잠깐 딴생각하다가 나도 모르게 목소리가 커졌네. 그 에딘이라는 애랑 치, 친하게 지내렴."

발렌이 살짝 어색한 미소를 지었지만, 레이나는 그것도 모르고 헤헤 웃으며 기똥차게 '응!'이라고 소리쳤다. 이바나가 그를 뚫어져라 바라보았다. 옆에서 느껴지는 시선을 애써 피하려고 했지만, 피하지 못했다.

"너 팔불출이란 말이 뭔지는 알지?"

발렌만 들리게 조용히 말하는 이바나. 그의 얼굴이 사과처럼 붉어졌다.

"그, 그런 거 아니거든요?"

"아니긴 뭐가 아니야. 방금 전에 너 딸이 다른 남자와 사귄다는 말을 들었을 때, 아버지가 도둑놈 대하는 것처럼 굴던데?"

"소설을 많이 보신 것 같네요."

발렌은 절대 그렇지 않다는 듯 헛기침을 하며 부정하더니 시선을 피했다.

"참, 나 엄마하고 오늘부터 새로운 놀이를 하기로 했는데. 시간 됐으니까 난 이만 가 볼게."

"뭘 하는데?"

"나도 자세히는 모르는데, 가만히 앉아서 보물찾기하면서 뭔가를 만들면 된다는데? 재밌는 놀이래!"

"가만히 앉아서 보물찾기? 뭔가를 만들어?"

이바나가 가만히 앉아서 보물찾기를 한다는 것부터 이해가 가지 않아 레이나의 말을 되뇌며 고개를 갸웃거린다. 아무리 생각해도 모를 일이다.

그러나 발렌은 잠깐 생각하고서 어머니의 말이 무슨 뜻인지 알아냈다.

'아, 마나 엔진을 만들려는 거구나.'

한시도 가만히 있는 걸 싫어하는 레이나이다. 마법 수련을 할 때 엄청 지루할 수 있으니 보물찾기라고 거짓말을 해 둔 모양이다.

이제 마이셀 가문도 부활했겠다, 샤란은 본격적으로 레이나에게 비전을 알려 주고, 마법사로 만들 생각인 것 같았다.

레이나가 손을 흔들며 그들과 헤어진다. 발렌이 손을 흔들고 거실에서 좀 쉬자고 생각했다.

"참, 이바나 씨. 마을 구경 좀 할래요? 이곳에 도착해서 마을 밖은 가 본 적 없잖아요."

저택으로 향하는 길은 한곳뿐인 것 같고, 길을 따라가면 마을인 것 같으니 구경을 가 보는 것도 괜찮을 것 같았다.

이바나가 고개를 주억였다.

"그래, 그러자. 네 영지니까 마을도 돌아다니면서 잘 살펴야지. 연약한 레이디를 잘 에스코트해 줘야 한다?"

"연약한 레이디요? 제가 아는 연약한 레이디는 주변에 없는 것 같은데요?"

"나 그만 좀 무시하지?"

발렌이 장난이라는 듯 하하 웃었다. 장난인 것을 알기에 이바나도 피식 웃었다. 그가 에스코트하겠다는 듯 손을 허리에 올렸다. 이바나가 조심스럽게 손을 뻗어 자신의 팔을 걸치려고 할 때였다.

"영주님."

벨루나 자작이 나타났다. 깜짝 놀란 이바나가 뻗던 손을 다시 뒤로 물렸다. 그 모습을 본 벨루나 자작이 빙그레 웃었다.

"죄송합니다. 제가 눈치 없이 끼어든 것 같군요."

"아니에요. 무슨 일이시죠?"

"영지의 일로 영주님께서 보실 것이 있습니다. 잠시 괜찮겠습니까?"

"무슨 일이죠, 벨루나 자작? 혹시 센티스 백작과 관련된 건가요?"

"그런 건 아닙니다만, 영주님께서 알아 두셔야 할 것들이 있습니다."

중요한 일이라고 생각한 발렌이 고개를 주억이며 이바나에게 양해를 구했다.

"이바나 씨, 저 잠시 갔다 올게요."

"그래."

이바나가 자신은 신경 쓰지 말라는 듯 고개를 주억였지만 그 표정에는 아쉬움이 한가득 있었다. 발렌은 나중에 이바나와 마을을 구경하자고 생각하며 벨루나 자작을 따라갔다. 그가 안내한 곳은 집무실이었다. 발렌이 일해야 할 장소지만, 현재는 샤란이 쓰고 있는 곳이었다. 집무실 책상 위에는 서류가 한가득 쌓여 있었다.

'이 많은 양을 어머니 혼자서 다 하고 계셨던 건가?'

보기만 해도 머리에 쥐가 날 것 같은 양이다. 사서 일이 끝나고 이곳으로 오게 되면 자신이 해야 할 일이라고 생각하니 살짝 두렵기까지 했다.

"현재 영지의 재정에 대해 말씀드리고자 합니다. 복잡할 수 있으니 모르는 것이 있으면 질문해 주십시오."

현재 영주가 아닌 마이셀 가문의 재정관으로 일하는 벨루나 자작. 그가 영지 재정에 대해 설명해 주었다. 이해하기 힘든 것이 있으면 발렌은 즉각 질문했고, 벨루나 자작은 쉽게 풀어 설명해 주었다. 그나마 다행인 것은 그의 집이 한때 잡화점을 운영했기에 발렌도 어느 정도는 재정에 대해 이해할 수 있다는 것이었다.

설명을 모두 듣고 이해한 발렌은 영지 재정에 대해 금방 파악할 수 있었다.

"하루 수입이 10골드……."

한 달로 따지면 300골드 정도 된다는 소리다. 대부분의 수입이 마정석 광산에서 나오고 있었다.

"어마어마한 돈이네요."

"예, 큰돈이기는 하지만 영지를 운영하기에는 적은 돈입니다. 저택 관리비, 병사와 기사들 봉급과 성벽 보수비, 영지 관리비 등. 쓸 곳이 많기 때문에 월 순이익은 10골드가 채 되지 않습니다. 내전 피해 복구 비용까지 있기 때문에 최근에는 적자를 기록하기도 합니다."

10골드도 어마어마한 돈이기는 하지만 영지를 운영하는 데 부족한 돈임에는 확실했다.

확실히 그중 대다수가 사용되는 돈이라면 생각보다 많은 돈을 벌어들이지는 못하는구나 싶었다. 무엇보다 적자까지 난다면 흑자를 기록해도 소용이 없었다. 흑자를 기록해도 적자를 메울 흑자라면 그다지 좋은 성과는 아니라는 뜻이다.

'내전의 피해 복구를 모두 마치려면 적어도 4년은 잡아

야 하나?'

그럼 4년간 제로 성장이라는 뜻이다. 4년간 제로 성장은 한 영지를 운영하는 데 너무나 컸다. 여기에 자연재해로 인한 피해까지 일어나면 그 순간 적자 성장을 지속하게 될 것이다.

"그것 외에 벌어들이는 돈은 없나요? 과거 마이셀 가문은 어땠나요?"

"과거에는 관광비로도 꽤 많은 수입을 벌어들였습니다. 과거 엔더크 남작령이었던 곳이 가장 유명한 명소였습니다."

확실히 그곳은 아름다운 곳이었다. 동쪽에는 마녀의 숲이, 서쪽에는 동부 영지의 시작을 알리는 엔드라 협곡이 있고, 남쪽에는 거대한 강이 흐르며, 북쪽은 암석으로 이루어진 산으로 둘러싸여 있다. 조금만 가도 장관이 펼쳐지는 자연이 둘러싸고 있으니 충분히 관광 명소로 쓰기에 안성맞춤일 것 같았다.

"적자를 기록하는 것에는 마정석을 모아 이비 스톤으로 만들려는 것도 있습니다. 하루에 채굴되는 마정석의 한계도 있지만, 거래할 마정석의 수가 부족해지니 그만큼 돈을 벌 수 없게 된 것이지요."

발렌은 고민했다. 센티스 백작이 노골적으로 마정석 광

산을 노리고 있는데, 이비 스톤을 만들 마정석을 빼 두지 않을 수도 없기 때문이다. 센티스 백작령의 병력과 마이셀 백작령의 병력의 수가 너무나도 많이 차이 나는 까닭이다. 언제 공격할지 모르기 때문에 이쪽에서도 철저한 준비를 해야 했다.

"이비 스톤으로 만들 마정석을 거래할 수는 없겠군요. 이건 영지를 지킬 우리의 비장의 무기가 될 테니까요."

"예, 물론입니다."

재정도 중요하지만, 영지를 지키는 것도 중요하다. 이래 저래 골머리를 앓고 있지만, 영지가 우선인 것은 확실하다.

"재정에 관련된 것은 이게 끝입니다. 혹시 다른 궁금한 점이 있으십니까?"

"재정과 관련된 것 말고 질문할게요."

"예, 영주님."

"센티스 백작은 실린더의 존재를 알고 있나요?"

"내전 당시 실린더 병들이 큰 활약을 했기에 알려졌겠지만, 자세히는 모를 겁니다. 실린더는 영지 내에서도 관리를 철저하게 하고 있으니 입수할 수도 없을 겁니다. 어떻게 생겼고, 어떤 원리이고, 파괴력이 어떤지 전혀 모르고 있을 겁니다."

그렇다면 다행이다. 센티스 백작과 싸우게 된다면 실린

더를 비장의 무기로 쓸 수 있을 것이다.

"참, 실린더에 대해 말이 나온 김에 말씀드리겠습니다. 현재 영지 내의 병사들의 절반 이상이 실린더로 무장하고 있습니다. 실린더병들은 하던 대로 이비 스톤을 활용하여 운용할 생각입니다만 일반 병사들은 보조 무기의 형태로 쓸 예정입니다. 참, 집무실 수납공간에 그 신무기가 있습니다."

발렌이 벨루나 자작이 가리킨 곳의 수납공간을 열어보았다. 그곳에는 집무를 보다가 언제든 전쟁에 참전할 수 있도록 마법사 로브와 스태프, 실린더, 이비 스톤을 준비해 두었다. 그리고 그 옆에는 용도를 알 수 없는 동그란 쇠와 뭔가가 있었다.

"옆에 기대어 놓은 것이 바로 신무기입니다. 실린건이라고 하지요."

발렌이 그 알 수 없는 뭔가를 꺼냈다. 생전 보지 못한 형태의 무기다. 나무로 된 것에 원통으로 된 철이 연결된 뭔가였다. 원통으로 된 철은 실린더처럼 구멍이 있었다. 다만 그 구멍의 크기가 너무나 작았다.

"이건 어떻게 쓰는 거죠?"

"석궁처럼 겨누어 보시겠습니까?"

석궁을 만져 본 적 없는 발렌이지만, 그래도 어깨 너머로 본 것처럼 따라해 봤다. 자세는 어정쩡하지만, 대충 비슷한 모양새가 나왔다.

"그게 사격 준비 자세입니다. 사격을 하기 전에 마정석 가루를 넣어 쇠붙이로 다진 후, 동그란 쇠를 넣으면 장전이 됩니다. 원리는 실린더와 비슷합니다. 다만 안정성을 최대한 살려 실용적으로 사용할 수 있도록 만들었다고 합니다."

"장전 시간은 얼마나 걸리죠?"

"실린더와 비슷합니다. 위력은 실린더에 비해 약하기는 하지만 활과 석궁보다 강력하며 실린더보다 연비가 좋은 무기이기도 하지요."

연비가 좋다는 건 보급하기도 좋은 무기라는 뜻이다. 그렇다면 이 무기가 센티스 백작의 입장에서는 새로운 복병이 되고, 자신에게는 비장의 무기가 된다는 뜻이기도 했다.

"전투가 벌어지고, 백병전에 돌입하기 전, 적들에게 먼저 피해를 주고, 사기를 초반부터 꺾을 무기입니다."

발렌이 전쟁을 직접 겪으면서 느낀 건데, 병사들의 사기는 전투에 큰 영향을 미친다. 병서에서 사기가 중요하다고 말했기에 그렇구나 생각했는데, 직접 체험해 보니 보통 중요한 게 아니다. 사기에 따라서 개개인의 전투 의지에 크게 영향을 미친다. 사기를 올릴 수 있는 이 무기가 최고의 한 수가 될 것이다.

"참, 그리고 포드 공방장이 또 다른 신무기를 만들고 있다고 합니다."

"또요?"

이런 무기를 만든 것도 대단하다 생각하는데, 또 만든다고 하니 기가 막힐 노릇이다. 그런 기발한 생각이 머리에서 계속 나오는 것이 신기할 따름이다.

그러나 발렌은 신무기를 계속해서 개발하는 것이 조금 걸렸다.

"영지의 자금이 부족해질 텐데요?"

신무기도 좋지만, 연구 자금으로 영지의 재정이 더욱 어려워지는 것도 문제다. 그러나 벨루나 자작은 염려 말라는 듯 빙그레 미소를 지었다.

"그것은 염려하지 않으셔도 됩니다. 나라에서 연구 자금을 지원해 주고 있어 영지 재정에는 한 푼도 영향을 미치지 않습니다. 그리고 공방은 현재 증축이 이루어지고 있습니다. 그 증축 비용도 나라의 지원금에서 사용되고 있습니다."

그렇다면 문제 될 건 없어 보였다. 발렌은 벨루나 자작에게 그 외에 영지에 대한 보고를 받았다.

　　　　*　　　*　　　*

　　간단하게 영지에 대해 보고를 받고, 레이나의 수련이 끝나자 샤란과 함께 마을을 구경할 수 있었다. 샤란은 발렌과 이바나, 레이나를 데리고 안내를 해 주었다. 이 마을은 바레타 마을로, 엔더크 남작령에 속해 있었던 마을이다.

　　바레타 마을은 마녀의 숲과 매우 가까운 위치에 있으며, 카벤 마을과 다른 점이라면 인구수가 조금 더 많다는 것이다. 나무꾼들이 모여 사는 마을이며 포드 공방과도 그리 많이 떨어져 있지 않은 곳이기도 했다.

　　샤란은 발렌과 이바나를 데리고 가장 먼저 촌장의 집부터 안내해 주었다.

　　"어이쿠, 샤란 님, 레이나 님 오셨습니까?"

　　백발의 노인이 나와 그들을 환영했다.

　　"네, 할아버지!"

　　샤란은 빙긋 미소를 짓고, 레이나는 씩씩하게 대답한다. 할아버지의 시선이 발렌에게로 향했다.

　　"뒤에 계신 분들은 누구십니까?"

　　"제 아들이에요."

　　"아, 이분이 바로 영주님이셨군요. 영주님의 활약은 익히 들었습니다. 황실 근위 기사로 있던 분과 함께 황제 폐하를 도우셨다고요? 정말 힘들고 대단하신 일을 하셨습니다."

내전이 한창일 때도 야전에 매복을 하느라 바레타 마을에는 들르지 않은 발렌. 그 덕에 바레타 마을의 촌장과는 초면이었다.

발렌은 자신의 활약을 남에게 들으니 조금 낯간지럽다는 표정을 지었다.

"어이쿠, 죄송합니다. 인사를 먼저 드렸어야 했는데, 서론이 길었습니다. 처음 뵙겠습니다, 영주님. 에드라고 합니다. 바레타 마을의 촌장이자 전대 마이셀 영주님의 집사입니다."

"안녕하세요. 발렌시아 알슈타이트 디 마이셀이라고 합니다."

"허허, 낯이 좀 익은 것 같더니 젊을 적 샤베트 님과 닮으신 것 같습니다."

발렌이 그 사람이 누구냐는 듯 바라보자 샤란이 설명해 주었다.

"네 외삼촌의 성함이란다."

"아……."

그러고 보니 발렌은 마이셀의 성씨를 받았어도 자신의 외척들에 대해 하나도 몰랐다.

나중에 집에 돌아가면 어머니에게 물어보자고 생각하고 있는데, 에드가 발렌의 옆에 있는 이바나에게 빙그레 웃어 보였다.

"부인께서도 아름다우십니다. 부인의 이름을 물어도 되겠습니까?"

비록 노쇠한 몸이고, 집사 일에서 손을 뗀 지 오래지만, 에드는 점잖은 몸짓으로 정중히 물었다. 흐뭇한 미소로 이바나를 바라보는 에드. 이바나가 주변을 둘러보다가 손가락으로 자신을 가리켰다.

"저요?"

"예, 부인."

그 말에 이바나가 놀란 얼굴이 되었다.

"어? 언니, 우리 오빠랑 결혼했었어?"

그리고 레이나의 말이 결정타가 되어 얼굴이 단풍처럼 빨갛게 물들었다.

에드는 이바나의 반응과 레이나의 질문으로 자신이 오해했음을 알고 곧장 사과했다.

"어이쿠! 레이디께 결례를 저질렀군요. 사과드리겠습니다."

"괘, 괜찮아요, 호호."

이바나가 어색하게 웃었지만, 도무지 진정이 되지 않는

듯, 얼굴색은 원래대로 돌아올 생각을 하지 않았다. 발렌은 에드의 말을 듣고 진지하게 고민했다.

'남들이 보기에는 그렇게 보이나 보네?'

그녀가 곤란해하는 모습을 보니 조금 조심해야겠구나 싶었다. 친한 건 좋지만, 그녀를 곤란하게 할 수 있는 행동은 최대한 삼가기로 했다.

"전 발렌의 친구, 이바나 디 엘로이라고 해요. 세인브리트 마탑의 마법사이기도 하죠."

"그렇군요. 레이디께서도 아름다우십니다."

남들은 그녀의 성씨를 들으면 놀라지만 에드는 엘로이 가문이 어떤 곳인지 잘 모르는 듯했다. 대륙 최고 마법사 가문에 속해 있는 데다 그 유명한 세인브리트 마탑주의 손녀란 걸 알게 되면 어떤 표정을 지을까. 그러나 이바나를 포함해 여기에 있는 그 누구도 이바나의 가문이 어떤 곳인지 말해 주지 않았다. 자신이 결례를 치른 사람이 범접하지 못할 만큼 높은 사람이라는 것을 알면 더 곤란해질 것이 분명하기 때문이다.

서로 자기소개를 하고 인사를 나누자, 멀리서 누군가가 외치는 소리가 들려왔다.

"영주님, 샤란 님! 큰일 났습니다!"

소리친 이는 마덴 자작이었다. 그가 발렌 앞으로 다가왔다. 발렌이 물었다.

"마덴 자작, 무슨 일인가요?"

"센티스 백작의 병력이 마정석 광산 인근에 도착해 전열을 갖추고 울타리 근처에서 시위를 벌이고 있습니다!"

결국 올 것이 오고야 말았다.

Chapter 04
센티스 백작의 도발

<영주의 10개 권리>

1. 영주는 자신의 영지 내에서 영향력을 행사할 수 있다.

2. 영주는 봉급을 받지 않는 대신, 영지민들에게 세금을 걷을 수 있다.

3. 영주는 나라가 부르면 언제든 응답할 의무가 있다.

……(중략)……

10. 영주는 영지전의 최종 결정권을 가진다.

마정석 광산에 집결한 센티스 백작가의 병력은 영지의 경계를 나누는 울타리 쪽에서 병사들이 함성을 지르게 명령했다. 병사들은 목이 쉬도록 함성을 내지르고, 몇몇은 뒤쪽에서 훈련을 하고 있었다.

급히 말을 타고 마정석 광산에 도착한 발렌은 기가 막힌 장면이라고 생각했다. 명백히 이것은 도발 행위나 다름이 없었다. 경계를 넘지 않았다지만, 바로 앞에서 함성을 지르는 것은 도발하려는 의도로밖에 보이지 않았다.

발렌이 말을 몰고 울타리 쪽으로 향했다. 그가 울타리 쪽으로 오자, 근방에 있던 센티스 백작이 다가왔다.

"오랜만입니다, 센티스 백작."

"오랜만이로군. 이제 마이셀 백작이라고 불러야 하나? 허허, 평민이 영주가 되다니. 상상도 못한 일이야. 그것도 마이셀 가문으로 말이지. 내 아들과의 결투에서 짐작은 했지만, 설마 마이셀의 피가 여전히 흐르고 있을 줄은 상상도 못했어. 무거운 직책을 맡게 되다니. 자네가 수고가 많군."

그 말에 발렌의 눈썹이 씰룩였다. 발렌이 정중히 그에게 인사를 건넸지만, 마치 자신이 위라는 듯한 반응이어서 발렌은 자신도 모르게 인상이 찌푸려졌다. 하지만 애써 불편한 심기를 감추고 미소를 지었다.

"센티스 백작, 울타리 쪽에서 철수해 다른 곳에서 훈련을 해 주시지 않겠습니까?"

"난 분명히 이 인근에서 훈련을 하겠다고 통지를 했네만?"

"그렇긴 하지만, 영지를 나누는 울타리 쪽에서 함성을 지르면 오해의 소지가 있지 않겠습니까?"

"난 분명 훈련이라고 말했네, 마이셀 백작. 자네가 생각하는 그런 문제는 없을 테니 염려 말게."

센티스 백작이 안심하라는 듯 미소를 짓고 있지만, 상당히 능구렁이 같아 보였다. 감추고 있는 속내가 뻔히 보였다. 조금이라도 자신을 도발하려고 하는 것이다. 그것이 상당히 못마땅했으나, 발렌이 먼저 물러나기로 했다.

"예, 알겠습니다. 혹여 울타리를 넘어오게 되면 문제가 될 수 있으니 불상사가 생기지 않도록 조심해 주시면 감사드리겠습니다."

"그러도록 하지."

발렌이 말을 돌리려고 할 때였다.

"자네는 그대의 외할아버지와 다르군."

"무슨 소리신지?"

센티스 백작은 그저 웃으며 말을 돌렸다. 대답도 제대로 하지 않고 멋대로 돌아서는 것은 자신을 대놓고 무시하는 행위였다.

'참자, 참아.'

그러나 발렌은 그에게 명분을 주지 않게 조심하기로 했다. 도발에 응하는 것은 그의 뜻대로 놀아나게 되는 것이니까.

"어떻게 되었습니까?"

다시 마정석 광산 쪽으로 돌아온 발렌에게 마덴 남작이 어떻게 되었는지 물었다. 발렌이 고개를 저었다.

"저희 측에 훈련을 통지했으니 그들을 막을 방도가 없어 보입니다."

"끙!"

여전히 함성을 지르고 있는 센티스 백작령의 병사들. 그런 그들을 마덴 자작이 불편하다는 듯한 시선으로 바라본다.

훈련을 통지했으니 그들을 막을 방법이 없다. 경계를 넘었으면 분명 문제가 되지만, 그들은 자신들의 영지 안에서 훈련을 진행하고 있다.

명백한 시위.

병력은 자신들이 더 많다는 걸 자랑하기라도 하는 것 같았다.

"마덴 자작, 혹시 모르니 병력의 일부를 마정석 광산에 배치해 주세요. 울타리를 넘어오는 자들이 있다면 체포하시고요."

"예, 영주님."

"마덴 자작은 그들의 동향을 주시해 주시고 사소한 것이라도 보고해 주세요."

"명을 받들겠습니다."

영지전을 통해 마정석 광산을 탈환한 경험이 있는 마덴 자작이니 그들이 공격하더라도 충분히 막을 수 있다는 확신이 들었다.

*　　*　　*

다시 저택으로 돌아오는 길에 포드를 만나기 위해 공방에 들른 발렌. 그가 공방에 찾아오자 포드가 격하게 환영해 주었다.

"젊은 친구, 오랜만이야!"

"포드 아저씨. 그간 잘 지내셨죠?"

"나야 뭐 늘 잘 지냈지. 다만 날씨가 너무 덥다는 게 문제지만. 여긴 이 나라에서도 여름에 상당히 더운 축에 속한다면서? 어휴, 그 살인적인 더위에 이 공방을 메울 열기까지 견뎌야 한다니. 살아서 겪는 지옥이구먼."

본격적으로 한여름이 시작되면 포드가 더 괴롭겠다고 생각하는 발렌.

"이바나 씨에게 주변을 냉각시키는 마도구를 만들어 달라고 부탁드릴까요? 최소한 포드 아저씨가 머무는 방은 시원해질 것 같은데."

"안 그래도 귀족 아가씨에게 부탁을 해 놓았어. 젊은 친구가 오기 전에 귀족 아가씨도 이곳에 왔었으니까. 내가 부탁하니까 새로운 연구 소재가 생겼다며 좋다고 만들어 오겠다던데?"

마정석 광산 쪽에 센티스 백작을 만난다고 갔던 발렌. 그사이에 이바나가 이곳에 방문했던 모양이다.

"그나저나 젊은 친구는 여전히 똑같은 옷을 입는구먼."

발렌은 자신의 옷차림을 바라보았다. 그는 이곳의 영주이지만, 딱히 좋은 옷을 입거나 하지 않았다.

"전 이게 편하더라고요. 귀족들이 입는 옷들은 너무 사치스러워 보이기도 하고요."

차라리 그 돈을 용돈으로 쓰거나, 영지의 자금에 보태지, 굳이 자신을 꾸미려고 쓰고 싶지는 않았다. 그의 가족들이 영지민들과 별로 다를 바 없는 복장으로 지내고 있는 것도 그 이유였다.

"그래? 영지민들의 세금을 걷으면 돈은 금방 벌지 않아?"

"이번에 내전으로 가을에 추수할 것들이 모두 불타 버려서 추수 때까지 세금을 걷지 않기로 했어요. 영지민들도 생계가 막막한데 세금을 걷으면 큰일 나니까요. 이번에 추수할 때 기대해 봐야죠."

이 결정은 발렌이 한 것이 아니라, 샤란이 한 것이다. 작년에 시작된 내전으로 영지의 모든 작물이 불타 버리는 바람에 급하게 식량을 인근 영지나 상인들에게서 구입해 올 수밖에 없었다. 그 말을 들었을 때, 전쟁이 진행 중일 때도 힘들지만, 그 후가 정말 힘든 시기라는 걸 뼈저리게 깨달을 수 있었다.

"영지민들이 자네의 어머니를 진심으로 존경하는 이유를 알겠구먼."

발렌도 고개를 주억였다. 샤란도 가문이 몰락하지 않고 귀족으로 고귀하게 자랐다면 영지민들의 사정을 몰랐겠지만, 한 번 몰락하고 평민의 삶을 살아 본 샤란은 영지민들을 잘 이해하고 있었다. 덕분에 이런 결정도 척척 내린 것이다.

게다가 발렌이 벨루나 자작에게 영지 재정에 대해 보고를 받으면서 알게 된 것도 있는데, 이 영지는 다른 영지보다 세금을 더 적게 받는다는 것이다. 벨루나 남작이 평균보다 낮으니 조금 더 걷어도 된다고 했지만, 샤란은 이 정도로 충분하다며 자신의 뜻을 고수했다. 덕분에 영지민들은 추수가 지나도 걱정이 없었다.

"어머니께서는 현명하시니까요. 저도 그런 어머니를 예전부터 존경하고 있었어요."

"자네나 자네 어머니는 복 받을 게야."

포드가 흐뭇하게 웃었다. 그러다가 문득 발렌이 생각났다는 듯 물었다.

"참, 실린건 개발을 끝내고 또 다른 무기를 연구하신다면서요?"

"오, 벌써 들었나? 어때, 내가 새로 만든 실린건도 대단하지?"

"어떻게 생겼는지 직접 봐서 알지만, 위력은 확인을 안 해 봐서 잘 모르겠는데요."

"그래? 이미 영지의 병사들에게 일부 보급했으니 훈련할 때 찾아가서 확인해 봐. 정말 굉장한 무기니까."

발렌이 꼭 확인하겠다는 듯 고개를 주억였다.

"이번에 만들어질 것도 굉장한 무기야. 아마 자네가 상상하는 것 이상의 것이 만들어질 걸?"

"착실히 연구가 진행 중인 모양이네요?"

"나라에서 지원을 해 주니 부족함 없이 척척 진행 중이지."

실린더의 효과를 톡톡히 본 아루스가 지원을 약속해 줬었다.

"내 인생 최고의 걸작이 만들어질 거야."

실린더도 충분히 최고의 걸작이라고 자부할 수 있을 텐데, 그보다 더 뛰어난 걸작이 만들어진다니. 발렌은 상상도 못할 무기가 만들어지지 않을까 기대가 되었다.

"저도 기대가 되는데요?"

"껄껄껄, 젊은 친구가 뭘 좀 아는구먼! 참, 황제 폐하께서 3일 만에 홀로 사라지시고, 황녀님께서 즉위하셨다면서?"

"예. 그것 때문에 수도는 난리가 났었죠."

이미 이 나라 전역에 아루스에 대한 소문이 퍼지고, 엘리즈가 황제로 즉위했다는 것이 퍼진 상황이다.

"허허, 자네도 굉장히 충격이었겠군."

"예. 설마 전대 황제께서 돌연 사라질 줄은 몰랐으니까요."

그건 아무도 예상하지 못한 결과였다. 보통 난리가 난 게 아닌 터라 그때 수도 분위기가 아직도 기억에 남아 있었다. 엘리즈가 황제가 되고서 진정이 되었으나, 충격적인 역사

적 사건이 되었다는 건 누구도 부정하지 못할 일이다.

딱딱하고, 어두운 얘기는 그만하자고 생각한 포드가 그에게 물었다.

"참, 언제 자네하고 자네 아버지하고 술 한잔하지 않겠나?"

"그러고 보니 포드 아저씨랑 아버지가 술 약속을 잡았었다는 얘기는 들었어요."

"같이 걸치고 난 후, 일주일에 한 번씩은 마시고 있어."

성격도 서로 잘 맞고, 의기투합이 되니 격하게 친해진 모양이다. 함께 술을 마시면 즐겁겠다는 생각은 들었다.

"예, 언제 시간이 나면 같이 술 한잔해요."

"좋지. 난 언제든 시간이 있으니까 자네가 시간이 날 때 부르라고."

발렌이 고개를 주억였다.

＊   ＊   ＊

저택으로 돌아온 발렌은 마덴 자작의 보고를 계속해서 받아 두었다. 마덴 자작에게 사소한 움직임조차도 보고하라고 지시했기에 보고서의 양이 꽤 많았다.

아침부터 이곳저곳을 왔다 갔다 하느라 어느새 꽤 오랜

시간을 보낸 발렌은 지친 표정으로 거실의 소파에 앉으며 한숨을 내쉬었다. 벌써 하늘에서는 해가 떨어지려고 하고 있었다.

"제가 하는 양은 극도로 적은데도 신경 써야 할 게 많네요."

"그럼 귀족들이 편하게 돈 버는 줄만 알았니?"

이바나가 피식 웃으며 그의 옆에 앉았다.

"솔직히 말하자면 그렇게 생각하고는 있었어요."

막상 귀족이 되고, 영주가 되니 그 의무의 부담이 커진다. 의무가 커질수록 신경 써야 할 것이 많고, 할 일도 늘어났다.

적대 가문이 없는 영주들 중에는 집사에게 모두 일거리를 맡기고 자유롭게 떠도는 영주들도 있지만, 적대 가문이 있다면 일거리가 늘어날 수밖에 없었다.

"원래 짐을 많이 지고 있는 사람일수록 산에 올라가기 힘든 법이라고 하잖아."

"이바나 씨에게 속담을 들을 줄은 몰랐네요."

바올라 제국의 속담이다. 이바나는 고운 이마를 살짝 찌푸리며 그를 바라보았다.

"뭐야, 도대체 넌 나를 얼마나 저평가하고 있는 거야?"

화를 내는 이바나. 하지만 발렌은 그런 뜻으로 말한 게 아니었다.

"오해의 소지가 있는 말이었네요. 죄송해요. 저평가할 생각은 없었어요. 이바나 씨가 속담을 말하는 건 처음이다 싶어서요."

이바나도 발렌이 자신을 저평가하려는 의도가 없었다는 것을 알고 고개를 주억이며 인상을 폈다. 그리고 궁금했던 것을 물었다.

"센티스 백작은 만나 보고 온 거지?"

"예. 직접 병사들을 훈련시키겠다고 마정석 광산 인근에 있더라고요."

"뭐래?"

"훈련을 할 거라고 미리 통지했으니 문제될 게 없다는 입장이에요. 어머니께도 조언을 구해 봤는데, 영지 내에서 자체적으로 훈련을 하는 것을 타 영지에서 막을 방도가 없다는 모양이에요. 오히려 간섭을 하는 꼴이라서 영지전의 명분을 줄 수 있대요."

"영지 경계에서 대놓고 시위를 하고 있는데도?"

"그렇다는 모양이에요. 센티스 백작이 노리는 건 아마 병사들끼리 충돌하는 거겠죠."

나라끼리 부딪칠 때도 국경의 병사들이 사소한 일로 충돌해서 일이 커지는 경우가 역사적으로 심심찮게 있었다.

"그들이 정말 영지전을 벌일 것 같아?"

"어떻게 나올지 모르니 신경을 써야죠."

명분을 주지 않고 넘어간다면 발렌도 안심하고 다시 세인브리트로 돌아가 업무로 복귀하면 그만이지만, 센티스 백작이 가만히 있을까? 분명 어떤 형식으로든 도발하려 할 것이고, 명분을 만들려고 할 것이다.

"일단 그들에게는 명분이 있어요. 마덴 자작이 영지전으로 마정석 광산을 점령했으니 그것을 되돌려 달라는 명분이요. 하지만 그것으로 부족하다고 판단했겠죠."

역사적으로 잃어버린 땅을 되돌려 받기 위해 무력으로 밀고 들어오는 경우도 상당히 있었다.

그러나 센티스 백작은 그 목적만으로 영지전을 일으키는 것은 아닌 모양이었다. 여러 가지 명분을 얻어 영지전의 모든 죄가 마이셀 백작가에 있다고 뒤집어씌우려고 할 것이다.

"아마 센티스 백작은 마정석 광산을 얻을 명분이 아니라 마이셀 백작가를 몰락시킬 명분이 필요할 거예요."

마이셀 백작가를 완전히 몰락시키고 그 땅을 전부 빼앗기 위해서 말이다.

마정석 광산을 다시 점령한다면 잃어버린 땅을 되찾겠다는 명분을 얻을 기회가 사라진다. 그러면 영지전을 지속할 수 없게 된다.

센티스 백작은 분명 오랫동안 영지전을 지속해 마이셀 가문을 없애 버릴 목적으로 영지전을 일으키려고 할 것이다.

발렌은 그것을 조심해야 했다. 힘들게 부활한 가문이 또다시 센티스 백작에 의해 몰락하는 것은 볼 수 없었다.

"센티스 백작, 사교계에서 몇 번 봐 왔지만 정말 치졸한 사람이네."

"다르게 말하면 영악하다고 볼 수 있겠죠. 한때 정말 마이셀 백작가를 몰락시킨 인물이에요. 그것도 오랫동안 준비를 하고, 내부에서 공작을 펼치면서 말이죠."

센티스 백작을 무시하면 큰코다칠 수 있다. 발렌이 가장 염려하는 것이 센티스 백작의 상상도 못할 행동들이다. 어떤 식으로 나올지 짐작하기가 쉽지 않으니 더욱 혼란스러웠다. 센티스 백작에 대해 잘 아는 세 자작들도 오랫동안 그의 밑에 있었기에 이 일을 신중히 다루고 있는 분위기였다.

"영지전이 벌어지면 이길 것 같아?"

"병력의 수는 센티스 백작가가 더 많지만, 우린 질과 지리적인 이점으로 승부를 볼 수 있으니까요."

질과 양. 때로는 질이 양을 넘어설 때가 많다. 애초에 전쟁이란 게 머릿수로만 해결되는 것이었다면 모든 세계 전쟁은 병력의 수로 해결되었을 것이다.

"난 그가 널 보고 모욕적인 발언을 했으면 좋겠어."

"왜요?"

발렌이 의아한 듯 쳐다보자 이바나가 씩 웃었다.

"엘로이의 이름으로 아주 짓뭉개 버리게."

그 말을 듣고 발렌이 크게 웃었다. 그래도 이바나가 자신의 편에서 두둔해 주니 기분이 좋았다.

*　　　*　　　*

저녁.

어둠이 짙게 깔린 광산에 횃불만이 빛을 밝히고 있다. 저녁이 되자 센티스 백작가 쪽에서의 함성은 잦아들었지만, 그들은 여전히 훈련 중이었다. 마덴 자작은 그들의 동태를 살피며 만일의 사태에 대비해 울타리 근처 곳곳에 병사들을 매복시켜 두었다.

"기사단장님!"

마덴 자작을 부르는 소리다. 막사 안으로 기사들이 웬 남자들을 끌고 들어왔다.

"이들을 왜 끌고 온 것이냐?"

"이들은 센티스 백작가의 병사들입니다. 울타리를 넘어와 옷을 갈아입는 것까지 확인했습니다."

"옷을 갈아입어?"

"예. 또한 수하를 하는 과정에서 공격까지 가한 이들입니다."

"우리의 피해는?"

"한 명이 경상을 입었고, 이들의 무리 중 한 명은 다시 울타리를 넘어 도주했습니다."

마덴 자작이 그들을 내려다보았다. 그의 눈빛을 본 센티스 백작가의 병사들이 눈을 마주치지 못하고 시선을 회피했다. 그가 그들의 눈높이에 맞춰 한쪽 무릎을 꿇었다. 간혹 훈련 도중 음주를 하는 병사들이 있기에 혹시나 하는 생각에 냄새를 맡았지만, 술 냄새는 나지 않았다.

"맨정신으로 넘어온 것 같은데, 왜 넘어온 것이냐. 누가 시킨 것이더냐?"

"그게…… 술이 고파서 마을에 들르기 위해 몰래 들어왔습니다."

"술이 고파서 훈련 도중 이탈했다고? 이런 우둔한 자들을 보았나."

마덴 자작이 혀를 끌끌 찼다. 센티스 백작가의 병사들의 군기가 상당히 떨어졌다는 것은 알았지만 술이 고프다는 이유로 이탈을 하는 자들이 있을 줄은 몰랐다.

"술이 고프다는 이유로 훈련 이탈이라니. 그래, 그건 그렇다 치고, 공격을 한 이유는 무엇이더냐."

"처벌이 무서워서⋯⋯."

"그대들은 병사이면서 아무것도 모르는 것이더냐? 훈련 중 이탈한 것은 탈영이다. 또한 무장한 상태로 타 영지로 넘어온 것만으로도 문제가 될 수 있지. 또한 수하를 거부하고 공격까지 하였다? 이것이 얼마나 심각한 일인지 몰랐다고 하지 않겠지?"

영지법에 따르면 훈련 이탈은 불명예제대만 아니라 그만큼 무거운 처벌도 받게 되어 있다. 심하면 영지에서 추방될 수도 있는 문제다. 다만 이들은 센티스 백작가의 영지민이자 병사이기 때문에 그것은 적용하지 못하고, 병사를 공격한 것만으로 처벌해야 할 것이다. 그것도 결코 가볍다고 볼 수 없다.

"게다가 위장까지 하려고 하다니. 현 상황으로 너희들의 행동은 센티스 백작가에서 첩자를 심으려다 들킨 것으로밖에 안 보이는구나."

좀 더 확실하게 하기 위해서는 조사를 해 봐야겠지만, 마덴 자작은 그들이 충분히 첩자일 것이라 생각했다.

"전령을 보내 영주님께 이 사실을 고하라. 그리고 이들의 처벌이 정해질 때까지 옥에 가두고 조사토록 하라. 혹여 이들 말고도 넘어온 이들이 있다면 그들도 추궁하라. 마지막으로 센티스 백작에게도 이 사실을 알리도록."

"예, 단장님."

기사들이 그들을 끌고 막사 밖으로 나갔다. 마덴 자작은 자리에 앉으며 생각했다.

'경계를 더욱 강화해야겠군.'

첩자만큼 위험한 존재는 없다. 자신들의 상황을 적들에게 훤히 알려 줄 수 있고, 뒤에서 공작을 펼칠 수도 있다. 센티스 백작은 첩자들을 많이 이용하는 편이니 더욱 조심해야 했다.

* * *

이튿날 아침이 되자, 센티스 백작이 울타리 쪽으로 다가왔다. 대화를 하려는 듯 센티스 백작과 그의 참모만 다가오자, 마덴 자작도 똑같이 참모만 데리고 그들에게 다가갔다.

"오랜만이로군, 마덴 남작. 아니, 이제 자작이라고 해야하나?"

"오랜만입니다, 센티스 백작님."

서로 인사를 나누는 마덴 자작과 센티스 백작. 그러나 그 분위기는 어색하기만 했다.

"서론은 말하지 않고 바로 본론을 꺼내겠네. 내 병사들을 돌려주기를 원하네. 내가 그들의 상관도 문책하고, 그들이 죗값을 치르게 처벌한다고 약조하지."

"죄송하지만, 그럴 수 없습니다. 그들은 수하에 불응하고, 우리 병사를 공격해 피해까지 입혔습니다. 그에 대한 처벌 또한 마이셀 백작가에서 할 권리가 있습니다. 이 건은 상당히 심각한 사항입니다."

"심각하니 서로 조용히 넘어가자는 것 아니겠는가. 일이 커지는 건 그대들도 원치 않을 텐데?"

맞는 말이다. 센티스 백작은 서로 조용히 넘어가자는 분위기로 이끌고 있지만, 마덴 자작은 조용히 넘길 생각이 없었다. 영지전을 선포하기 전에 미리 첩자를 보낸 것이라면 철저한 조사가 필요하다. 그들을 그냥 보냈다가는 언젠가 또다시 몰래 보낼 수 있다.

"그건 제 권한이 아닙니다. 마이셀 백작님께 말씀하셔야 할 겁니다."

"허허, 이 답답한 사람 보게. 자네가 이러는 이유를 모르겠군. 조용히 넘길 수 있는 일을 왜 심각하게 만드는가."

"먼저 심각한 상황으로 만든 것은 센티스 백작님이십니다."

"내가?"

"마이셀 백작가 경계 쪽에서 긴장감을 조성하지 않으셨습니까."

"허허, 자네가 꽉 막힌 사람인 줄은 알았지만 이렇게까지 꽉 막힌 사람일 줄은 몰랐군. 몇 번이나 말한 거지만 훈련을 하는 것뿐이니 걱정하지 말거라."

거짓말도 말이 되어야지. 태연하게 그런 의도가 없다며 황당해하는 표정을 짓는 그를 보자니 헛웃음이 나올 지경이다.

거짓말과 태연함은 센티스 백작의 특기이다. 마덴 자작은 그의 거짓말에 넘어가 줄 생각이 없다.

"영주로 있으면서 때로는 조용히 넘어가야 할 일이 있다는 것을 못 배운 것인가?"

"배웠지요. 하지만 이것을 조용히 넘어갈 만한 문제로 보기에는 너무 중하지 않습니까? 예나 지금이나 변한 게 없으신 것 같군요."

"훗."

센티스 백작이 조롱하듯 웃었다.

"그래? 예나 지금이나 변한 게 없는 건 자네도 마찬가지일세. 주군이었던 전대 마이셀 백작을 배신한 것도 모자라 나도 배신하고, 염치도 없이 배신했던 과거 주군의 외손자에게 또 붙는군. 그대는 뼛속까지 배신자로군."

"……."

마덴 자작은 아무 말도 할 수 없었다. 그의 말이 맞다. 배신하고, 또 배신하고. 기사였던 신분으로 주군을 한 번 배신한 것만으로도 크나큰 죄인데, 두 번이나 배신했다. 이미 그는 귀족계에서 유리한 쪽에 붙는 자라고 낙인 찍혀 있었다.

"자네가 다시 내게 오겠다면 날 배신한 것을 없던 것으로 해 주고, 그대를 다시 신용하고, 키워 주고, 귀족계에 다시 발을 붙일 수 있도록 해 주지. 어떤가?"

"……."

마덴 자작이 센티스 백작을 노려보았다.

"제게 또다시 배신을 하라고 강요하는 것입니까?"

"이미 두 번이나 했는데 세 번째라고 못하겠나?"

"전 과거와 다릅니다. 이제는 당신의 세 치 혀에 놀아나지 않을 겁니다. 제 주군은 영원히 발렌시아 알슈타이트 디 마이셀입니다. 그가 죽으라면 죽을 것입니다."

"후회할 소리를 하는군. 언제까지 그 말을 할 수 있는지 보도록 하지. 병사 송환에 대해서는 따로 마이셀 백작에게 따지도록 하지."

센티스 백작이 능구렁이같이 씩 웃으며 뒤돌아갔다. 마

덴 자작이 그의 뒷모습을 바라보며 곧 말을 돌렸다.

"돌아가자."

*   *   *

이튿날, 정오가 되자, 센티스 백작가에서 사신이 도착했
다.

"현재 귀측에서 붙잡고 있는 우리 병사들을 다시 되돌려
주었으면 합니다."

발렌은 침묵을 지키며 사신을 바라보았다. 오늘 아침, 마
덴 자작이 울타리를 넘어온 센티스 백작가의 병사들을 체
포해 옥에 가두었다는 보고를 받았다. 그것만이 아니다. 다
른 전령은 센티스 백작가의 병력들이 대열을 갖추고 있다
는 소식까지 전하고 있었다. 결국 센티스 백작이 일을 벌이
기 시작했으니 곧 반응이 오겠구나 생각했는데, 예상 외로
바로 일을 진행하였다.

"영지의 경계를 무단으로 넘어온 이들이다. 돌려보낼 수
없다."

"귀측으로 넘어갔던 병사들은 반드시 처벌을 하겠다고
영주님께서 말씀하셨습니다. 서로 분란이 일어나지 않는
것이 좋지 않겠습니까?"

"지금 우리를 협박하는 것이더냐? 게다가 그대는 우리 영주에게 귀측이라고 말하는구나. 사신으로 왔다는 자가, 자신이 모시고 있는 영주가 아니라고 하더라도 귀측이라니. 어디서 그런 발언을 하는 게냐."

샤란이 사신의 말에 따지고 들었다. 사신으로 온 자가 비록 다른 영지의 사람이라고 하더라도 영주를 대할 때는 반드시 영주님, 하다못해 성 뒤에 백작님이라는 말을 붙여야 했다. 명백하게 무시하고 있는 것이다. 귀측이라고 하는 것은 전쟁을 벌이고 있는 지휘관에게 쓰는 표현이었다.

"우리 영주님께서는 병사들을 돌려보낼 때까지 적으로 간주하겠다고 하셨습니다. 또한 영지전도 불사하시겠다고 하셨습니다."

그 말을 듣는 순간, 발렌이 기가 찬 표정으로 사신을 바라보았다.

"더 들어볼 것도 없습니다, 영주님!"

벨루나 자작이 한 걸음 앞으로 나와 사신들을 스태프로 위협하려고 하자, 발렌이 손을 들었다.

"벨루나 자작."

"영주님!"

이렇게 무시를 당할 거냐는 듯 소리치는 벨루나 자작. 발렌은 나서지 말라는 듯 고개를 저었다.

벨루나 자작이 불편한 시선으로 사신을 바라보며 다시 한 발자국 물러났다.

"문제를 일으킨 병사들을 우리가 처벌하겠다는데, 그들을 데리고 가기 위해 영지전을 불사하겠다? 참 치졸한 명분이로구나. 병사들을 돌려보낼 때까지 적으로 간주한다고? 처음부터 적으로 간주했던 자가 말은 잘하는구나."

샤란도 기가 찬 모양인 듯했다. 누가 들어도 마찬가지일 것이다. 센티스 백작은 어떻게든 영지전을 일으키고 싶어서 명분을 만들어 내려는 것일 뿐이다.

"우리 영주님을 모욕한 것입니까?"

"네놈이 적으로 간주한다고 하지 않았더냐? 그렇다면 우리도 센티스 백작을 적으로 간주할 수밖에 없지 않더냐."

샤란은 조곤조곤 사신에게 따졌다. 샤란의 말도 맞았다. 한쪽이 먼저 적으로 간주하겠다고 하면 자연히 이쪽에서도 적으로 간주하는 것이 가능해진다는 말이었다. 그리고 이제부터 적대하겠다는 듯 사신에게 말했다.

"네놈의 영주에게 가서 전하도록. 무장한 병사들이 실수로 경계를 넘었다 하더라도, 수하에 불응하고 저항하여 우리 측 병사들을 공격한 것은 사실이다. 우리 영지에서 따로 처벌하고 돌려보내겠다고 전하라."

센티스 백작이라는 말도 꺼내지 않은 샤란. 그녀는 더 이상 센티스 백작을 한 명의 영주로 존중하지 않고, 진짜 적으로 간주하겠다는 의지였다.

"영주님께서는 귀측 영주님의 의견을 직접 들으라고 하셨습니다."

"난 영주 대리인이다."

"영주가 이 자리에 버젓이 있는데, 대리인 행사를 하십니까? 대리인이라고 할지라도, 영주가 있는 이상 모든 결정은 영주가 직접 해야 하는 법 아니겠습니까?"

샤란의 인상이 그 어떤 때보다 험악해졌다. 사신의 말도 맞았다. 이곳에는 버젓이 영주인 발렌이 있었다. 그가 이곳에 온 있는 이상, 모든 결정은 그가 다시 맡아서 해야 했다. 샤란이 그를 바라본다. 발렌은 고민했다.

'내 말에 따라 달라지겠구나.'

샤란은 더 이상 그들의 도발에 참지 못하겠다는 듯 행동에 나서려고 하고 있었다. 발렌은 위험하지 않을까란 생각이 들기도 했지만, 어머니가 감정적으로 행동하는 것만은 아니라고 판단하고 있었다. 아직 귀족들 사이의 일은 물론, 영지와 관련된 일에 대해서도 잘 모르는 발렌인 만큼 어떻게 반응해야 할지 판단이 잘 서지 않았다.

그러나 센티스 백작 쪽에서 먼저 공격적으로 들어오는 것은 사실이었다. 명백한 적대 행위라는 것만큼은 확실히 알 수 있었다.

이대로 병사들을 넘기면 그들도 없던 일로 하겠다고 하지만, 오히려 얕보고 더 찔러볼 것 같은 느낌이다. 지금도 이러니, 그냥 어물쩍 넘길 수 있는 문제는 아닌 것 같았다.

'아루스 황제 폐하셨더라면……'

발렌이 직접 본 사람들 중 이런 일에 가장 유능한 사람은 아루스였다. 그 때문에 이런 일에서는 아루스를 먼저 떠올릴 수밖에 없었다.

그라면 어떻게 반응했을까?

'어떤 위협에도 굴하지 않고, 당당했던 그였다면……'

발렌이 몇 번이고 생각해 봤지만 답은 딱 하나로 귀결되었다.

"결정했다."

발렌이 자리에서 일어났다. 그리고 사신들 앞으로 다가갔다. 그러더니 돌연 사신들에게 센티스 백작이 보낸 서신을 내밀었다. 그리고 그 서신을 반으로 쭉 찢었다. 그것만으로 부족했는지, 발렌은 갈기갈기 찢어 사신들 얼굴에 던져 버렸다.

발렌은 이제 속이 시원하다는 표정이었다. 지금까지 꽉 막힌 속이 뚫린 기분이다. 발렌만이 아니라 벨루나 자작과 샤란도 발렌과 별 다를 바 없는 표정이었다.

"센티스 백작에게 전해라. 사람을 무시하는 것도 정도가 있다고. 올 테면 오라고 하거라. 비록 병력의 숫자는 우리가 떨어지나 우린 막을 자신이 있으니까."

"그리 전하겠습니다."

사신들이 씩 웃었다. 그들의 표정은 마치 드디어 걸렸다는 것처럼 보였다.

*　　　*　　　*

"너 정말 미쳤구나?"

센티스 백작가의 사신에게 했던 행동에 대해 들은 이바나가 발렌을 보자마자 한 소리였다. 발렌이 머리를 긁적였다.

"결국 저질러 버렸네요."

"이성적으로 판단할 줄 알았는데, 너도 감정적으로 결정할 때가 있구나?"

"뭐, 그렇죠. 센티스 백작이 하는 꼴도 더 이상 보고 싶지 않았고요."

언제까지 골머리를 앓을 수 없었다. 샤란도 그렇지만, 엔더크 자작, 벨루나 자작도 그들의 행동 하나하나를 거슬려 했었다.

발렌의 결정은 그들에게 환영을 받았다. 샤란도 흐뭇한 미소를 지으며 잘 결정했다고 할 정도였다.

"그래, 차라리 잘된 일이야. 무시를 당하면 결투를 신청하는 것처럼, 도발하면 짓밟아 줘야지."

발렌이 의아한 얼굴로 그녀를 바라보자 이바나가 물었다.

"왜? 내 얼굴에 뭐 묻었어?"

"아뇨. 뭐라고 더 하실 줄 알아서요."

"왜, 이제는 욕해 줄까?"

발렌은 고개를 저었다. 장난을 치는 것도 아니고 진지한 분위기로 말하고 있으니 장난으로 그래 달라고 말하지도 못했다.

이바나가 한숨을 내쉬었다.

"이제 귀족다워지고 있다는 뜻이니까. 가문을 위해서 숨을 죽이는 것도 좋지만, 굴욕을 감수하라는 뜻은 아니야. 우리 가문은 영지가 없어서 나도 자세히는 모르지만, 영주들에게는 자존심이 가장 중요한 문제라고 들었어. 그 자존심을 깎아내린다면 되갚아 줘 버려."

"예. 고마워요, 이바나 씨."

"딱히 칭찬할 생각으로 한 말은 아니었거든?"

"칭찬이 아니더라도 제게 뭐라고 하시는 건 그만큼 절

생각해 주고, 걱정해 주고 있다는 거잖아요. 덕분에 힘이 났어요."

"누, 누가 널 생각하고 걱정했다는 거야! 따, 딱히 그런 건 아니거든?!"

그녀가 부끄러워하는 모습을 보고 발렌이 하하 웃었다.

Chapter 05
영지전

<영지전>

28조 1항. 영지끼리 불화가 생길 시, 이를 해결하기 위한 최종 수단으로 영지전을 택할 수 있다.

28조 2항. 영지전에서 민간인에게 피해를 끼치지 아니한다.

······(중략)······

28조 6항. 명분 없이 영지전을 일으킬 시, 모든 책임은 승패의 여부를 떠나 영지전을 일으킨 영주가 처벌을 받는다.

—『바울라 제국 법전』中 발췌—

"하하하! 전대나 지금이나 마이셀 백작은 참으로 어리석은 자로구나. 어리석은 자의 핏줄은 여전하다는 거겠지."

센티스 백작이 돌아온 사신들의 얘기를 듣고 크게 웃으며 기뻐했다. 사신들 앞에서 타 영주의 친서를 찢는 행위는 엄청난 모욕이며 영지전을 일으킬 충분한 명분을 주는 것이기 때문이다. 센티스 백작이 자리에서 일어서며 소리쳤다.

"현 시간부로 마이셀 백작가에 영지전을 선포한다! 모든 병사들은 전열을 갖추고 마정석 광산을 점령하기 위한 훈련을 실시하라 이르라!"

"예!"

"해산하라."

센티스 백작의 말에 모든 참모진들이 해산한다.

"누가 위이고 아래인지 이번 기회에 톡톡히 알려 주도록 하마."

센티스 백작의 눈빛이 불처럼 이글이글 타오르는 순간이었다.

"기쁜 일이 있는 모양이로군."

누군가가 그의 뒤에 나타났다. 센티스 백작이 뒤를 돌아보니 검은 복장에 검은 복면을 한 이가 있었다.

"너로구나. 마침 잘 왔다."

자객이라고 생각할 만큼 수상한 자였으나, 센티스 백작은 오히려 그를 환영해 주었다. 드러난 그의 눈가가 찢어졌다. 웃고 있는 것이었다.

"마이셀 백작가에 영지전을 선포한 참이다."

"마이셀 백작가? 센티스 백작령 인근에 그런 영지가 있더냐?"

"20여 년 전 몰락했다가 얼마 전에 다시 부활한 가문이다. 엔더크 남작령, 벨루나 남작령, 마덴 남작령의 땅을 모두 귀속받았지."

"그 세 남작가의 땅인가."

복면인은 혼잣말하듯 중얼거리며 잠시 고민에 빠졌지만, 그것은 아주 잠깐이었다. 그는 다시 현실로 돌아왔다.

"그들에게는 신무기가 있으니 조심하는 것이 좋을 것이다. 그들의 신무기는 파괴력이 상상 그 이상이니까. 실제로 내전에서도 활약을 했으니 말이지."

복면인의 말에 센티스 백작이 잠시 고민하더니 고개를 주억였다. 뭐든지 조심하는 편이 좋았다.

"그리고 너에게 병력을 일부 지급해 주도록 하마. 매우 유용할 테니 잘 써먹어라."

"반가운 일이긴 하지만, 그럴 필요는 없다. 마이셀 백작가는 나의 힘만으로도 충분하니까."

센티스 백작은 자신만만해하고 있었다. 그러나 복면인은 고개를 저었다.

"그들의 힘은 상상 그 이상이다. 가벨 황제 측은 그들을 고스트라고 불렀었으니까."

여기저기서 신출귀몰하게 나타나 공격을 가하며 순식간에 사라지는 그들은 정말 유령과 같은 존재였다. 피해는 피해대로 입히고, 가벨 황제 측은 사로잡지 못하면서 허탕만 치게 하는, 그런 부대였다.

아직까지 그들에 대해서는 바올라 제국 내에서도 알려진 바가 없었다.

"나도 모르는 사실을 넌 잘 알고 있구나."

복면인이 태연하게 대답했다.

"내 정보력을 무시하면 안 되지. 넌 날 믿고 따르면 된다."

센티스 백작이 고개를 주억였다.

"참, 그 마이셀 백작가의 영주는 누구지?"

"발렌시아 알슈타이트 디 마이셀이란 자이다."

"오호?"

복면인이 흥미롭다는 반응을 보였다. 지금까지 이런 반응을 보인 적이 없는 복면인. 센티스 백작이 물었다.

"아는 자인가?"

"모를 수가 없지. 사서라는 자가 믿을 수 없는 공을 세웠으니 말이지."

센티스 백작도 그에 관해서는 동의하는 바이지만, 피식 웃었다. 이 자리에 없는 발렌을 비웃는 것이다.

"원래 전란에는 영웅이 탄생하는 법이다. 녀석은 단지 운이 좋았을 뿐이다. 주변 사람들 덕분에 그리 공을 세울 수 있었을 뿐, 태생은 평민이니 큰 걱정은 하지 않아도 된다."

센티스 백작은 발렌을 매우 낮게 보고 있었다. 그저 운이 좋았을 뿐이라며 그는 자신의 승리를 자신하고 있었다. 그러나 센티스 백작은 어깨를 으쓱였다.

"뭐, 그래도 방심은 하지 않을 작정이다. 녀석이 그렇게 반응했다면 뭔가 믿는 구석이 있다는 뜻일 테니까."

"옳은 결정이다. 넌 전에 나와 함께하던 어리석은 자와 다르구나."

복면인이 복면 사이로 미소를 짓고 있었다. 그는 정말 만족스럽다는 반응을 보였다.

"이틀 후에 병력의 일부를 지원해 주겠다. 그들을 잘 활용해 싸울 수 있도록 하거라."

"믿음직스럽군. 좋다, 우수한 이들을 지원해 준다면 나
도 언제든 환영이다."

센티스 백작이 손을 내밀었다. 악수를 하자는 의미였다.
복면인이 그와 손을 잡으며 악수를 나눴다. 이제 슬슬 갈
시간이라며 품에서 텔레포트 마법 스크롤을 꺼낸 복면인.
그가 스크롤을 찢기 전에 센티스 백작이 물었다.

"참, 난 너를 뭐라 불러야 하느냐?"

녀석의 눈가가 찢어졌다. 복면인이 사라지기 직전 망설
임 없이 대답했다.

"가론이라고 부르거라."

*　　　*　　　*

이튿날, 발렌은 센티스 백작가로부터 영지전 선포문을
받았다. 영지전 선포문에는 다음과 같은 내용이 서술되어
있었다.

　　그대는 우리측 병사를 잡아 가두고, 내가 보낸
　사신들 앞에서 친서를 찢는 행위를 서슴지 않았다.
　이는 명백히 나쁜만 아니라 우리 가문을 모욕하는

행위이다. 또한 그대는 대대로 센티스 가문의 영지
였던 마정석 광산을 무단으로 접거, 개인의 이득을
취하고 있다. 이틀의 기간을 주겠다. 그 안에 정식
사과문과 함께 마정석 광산을 다시 돌려주지 않을
시, 우리는 병력을 이끌고 그대의 영지로 쳐들어가
직접 항복을 받아 내겠다.

세든 벤 센티스

영지전 선포문 오른쪽 하단에는 센티스 백작의 사인과
함께 직인이 찍혀 있었다.

"황당해서 말이 안 나오네요. 이딴 명분으로 영지전을
선포할 수도 있다니."

발렌은 기가 찬 얼굴로 영지전 선포문을 바라보았다.

"영지전에는 다양한 명분이 있습니다. 한 지역을 둘러싼
영토 분쟁도 있지만, 작은 일을 부풀려서 영지전을 감행하
는 경우도 다반사입니다."

영지는 국가 내에 여러 개로 쪼개진 국가나 다름이 없었
다. 영주들 위에 황제가 군림하지만, 영지 내에서는 영주들
이 마음대로 할 수 있다. 그 때문에 영지들끼리의 싸움에는
황제도 함부로 간섭하지 못했다.

"제가 예상할 때, 센티스 백작은 가장 많은 이윤을 얻을

수 있는 마정석 광산을 점령하고, 항복을 받아 내어 우리 영지를 없애기보다는 자신의 발아래에 둘 생각인 모양입니다. 전대 황제와 함께 공을 세워 새로운 영주가 된 이를 발아래에 둔다면 자신이 그 위에 있다는 것을 다른 영지에 알리는 것과 다름이 없으니까요."

자신이 세운 공을 이용해 그가 더 드높게 평가될 수 있기를 기대한 모양이다. 참 다양한 방면으로 머리가 잘 돌아가는 자라는 생각밖에 들지 않았다.

"정말 영악하네요."

"예. 센티스 백작은 한 수 앞을 생각하는 자입니다. 미래에 큰 이윤이 된다면 당장의 손해도 서슴지 않지요."

그것이 지금 센티스 백작가가 있게 한 힘이었다. 그가 동부 영지의 최강 영지가 된 것에는 다 그만한 이유가 있었다. 또한 메이어 신성 제국과 국경이 닿아 있어 무역을 통해 자금을 얻을 수 있다.

"이틀의 시간을 주겠다는 건 준비할 기간을 준다는 의미겠지요?"

"예. 일주일은 주지 않더라도 영지 간의 암묵적인 규칙이니 그것을 지키는 명목으로 주는 기간이겠지요. 일단 시간을 주었으니 비난 받을 일은 없겠지만, 이틀만 준 것은 영주님을 압박하기 위함으로 보입니다."

시간을 촉박하게 만들고, 심적으로 압박을 주어 사과를 유도할 모양인 것 같았다. 자신의 힘을 과시하고 있는 현 상황에서 시간까지 촉박하다면 발렌이 항복할지도 모른다는 생각을 갖고 있는지도 모른다. 센티스 백작 입장에서도 피를 흘리지 않고 자신이 원하는 바를 얻을 수 있다면 좋은 일이니 그쪽으로 유도하는 것이다.

"제가 고작 이 정도로 압박을 느낄 거란 생각을 하다니. 한심하네요."

발렌이 피식 웃었다. 이미 이것보다 더한 상황에서 발악했던 발렌이다. 고작 이 정도 압박으로 굴할 발렌이 아니다. 이 정도는 그저 스쳐 지나가는 사소한 일에 지나지 않았다.

'대범하시구나. 이 점은 전대 영주님과 닮으셨어.'

벨루나 자작은 발렌을 그렇게 평가했다. 전대 영주도 발렌과 같은 반응이었다. 센티스 백작가의 도발에도 굴하지 않던 전대 마이셀 백작. 오히려 웃으면서 사신들의 목을 베어 한 명만 살려 준 채 돌려보낸 일화는 그 당시 사람들에게 유명했다. 그것이 마이셀 백작가를 몰락시킬 명분을 가져다주었지만 말이다.

"지금 당장 야전에서 운용할 수 있는 병력들을 마정석 광산 인근으로 보내도록 하세요. 저도 가겠습니다."

"영주님께서 직접 진두지휘하시겠습니까?"

"아뇨. 제가 지휘하면 잘못된 판단을 할 가능성이 높으니까 하지 않는 게 좋을 거예요."

발렌은 자신이 지휘자로서 견문이 부족하다는 것을 알고 있다. 때문에 그 일을 마덴 자작과 엔더크 자작에게 맡길 생각이었다. 그러나 그가 할 수 있는 것은 있었다. 바로 그들이 어떻게 나오는지 직접 보는 일이다. 발렌이 양피지에 뭔가를 적더니 촛농을 녹여 마이셀 가문의 인장을 찍은 후, 벨루나 자작에게 건넸다.

"센티스 백작가에게 먼저 제 친서를 보내도록 하세요."

＊　　＊　　＊

　　지금 당장 덤벼.

　　　　발렌시아 알슈타이트 디 마이셀

센티스 백작은 마이셀 백작가에서 보내온 짧은 친서를 보고 황당한 표정을 지었다. 자신 있으니 당장 쳐들어오라는 선전포고였다. 센티스 백작은 기가 찬 표정으로 그 친서를 읽었다. 아무리 봐도 그의 사인보다 내용이 더 적었다. 종이가 아깝다고 느낀 것이 머리에 털 나고 처음이었다.

"살다 살다 이런 영지전 선포문은 처음 보는군."

한쪽에서 영지전 선포문을 보내면 그에 대응해 똑같이 영지전 선포문을 보내는 일은 흔한 일이다. 구구절절 말하는 것을 싫어했던 전대 마이셀 백작도 모든 명분을 동원해 맞영지전 선포문을 보냈는데, 발렌은 정말 짧게 보냈다.

"그만큼 무지하다는 뜻이겠지."

황당하기도 했지만, 한편으로는 비웃음이 새어 나올 수밖에 없었다. 명분도 모르는 멍청한 평민에게 뭘 더 바라겠냐고 생각했다.

"그대의 영주에게 전하도록 하라. 이제 더 이상 협상은 없다고. 다음에는 승자와 패자로서 항복 협상 테이블에서 만나게 될 것이라고."

"그리 전하도록 하지요."

전령 주제에 건방지게 말한다고 생각하는 센티스 백작. 이제 서로 적으로 마주할 것이니 이런 반응을 보이는 것이라 생각했다. 나중에 알게 될 것이다. 누가 위이고, 아래인지. 그는 손을 휘휘 저어 전령을 다시 되돌려 보냈다.

이제 남은 것은 마이셀 백작령을 점령하는 것밖에 없다.

쉬이이이이잉—!

콰아아앙!

갑자기 요란한 소리가 사방에서 울려 퍼진다. 땅이 크게 흔들리고, 굉음이 귀를 뒤흔들었다. 땅이 너무 크게 흔들려 테이블을 붙잡고 버티고 있던 센티스 백작. 그리고 그의 막사 안으로 참모가 들어왔다.

"영주님, 큰일 났습니다!"

"무슨 일이냐?"

"마이셀 백작가의 선제공격입니다!"

자신에게 도착한 전령이 돌아갈 시간을 맞춰 선제공격을 해 올 줄은 상상도 못했다. 아니, 애초에 준비 기간까지 줬는데, 하루를 남기고 선제공격을 해 올 줄 상상도 못했다.

"마법사들이 먼저 공격을 해 오는 것이더냐? 그렇다면 우리도 대응해서 막아라!"

"사정거리가 닿지 않습니다! 마정석 광산 위에서 쏘고 있는 것 같습니다!"

마정석 광산의 높이는 500미터 정도이고, 그들은 약 600미터 뒤에 있다. 아무리 거리를 계산해도 공성 무기를 광산 위에 배치하지 않는 이상 공격이 불가능했다. 무엇보다 공성 무기를 쓴다고 해서 이렇게 큰 폭발이 일어나지는 않는다.

'그 먼 거리에서 이곳까지 쏘고 있다는 소리인가?'

고도로 훈련된 마법 병단이라도 그만한 거리에서 적들 진영에 피해를 입히기란 불가능했다.

"신무기!"

떠오르는 것이라면 그것밖에 없었다. 내전 당시 자신들은 피해를 받지 않고, 먼 거리에서 적 진영에 타격을 주었다는 것을 들었던 것 같았다. 신무기를 사용하고 있다는 생각밖에 떠오르지 않았다.

잘 알려지지 않은 무기인 만큼 큰 위협이 되는 건 두말할 것 없었다. 대응책도 잘 모른다. 센티스 백작은 직접 위력을 확인하기 위해 밖으로 나왔다.

쉬이이이잉—!

콰아아아앙!

마치 신호를 알리는 화살을 쏘는 것처럼 시끄러운 소리가 들려와 진영 내에서 폭발을 일으켰다. 소리는 광산 꼭대기에서부터 들려오고 있었다. 상당히 먼 거리다. 저들을 잡을 방법이 없어 보였다.

"일단 적들의 사정거리 밖으로 이동한다!"

센티스 백작은 더 피해를 입기 전에 일보 후퇴를 명령했다. 그의 명령이 지휘관들에게 하달되었다.

*　　　*　　　*

지난밤의 선제공격은 발렌이 직접 명령한 것이다. 본격

적인 전투에 앞서 적들의 사기를 꺾을 목적으로 선보인 것이다. 목표를 두지 않고 무분별하게 센티스 백작의 진영에 쏘았기 때문에 얼마나 피해를 입혔는지 알 수 없다. 다수의 이비 스톤이 엉뚱한 곳에 떨어진 것도 크게 한몫을 했다.

"역시 실린더의 명중률은 여전하네요."

그저 적들의 사기를 꺾었다는 것에만 만족해야 하다니. 명중률이 조금만 개선된다면 더 많은 피해를 입힐 수 있을 것이다. 아쉬운 감이 없잖아 있었다.

"그래도 센티스 백작이 일보 후퇴한 것은 크나큰 전공이라고 볼 수 있습니다. 적들의 사기를 처음부터 꺾었다는 것이고, 센티스 백작이 겁을 먹었다는 의미도 되니까요. 포드 공방장도 이 문제를 알고 추후에 연구하겠다고 하였습니다. 훗날 명중률이 개선되면 마이셀 백작령에서 가장 먼저 시범을 보이게 될 겁니다."

발렌을 따라온 벨루나 자작이 격려의 말을 해 주었다. 실린더 제작이 수도가 아니라 마이셀 백작령에서 시작되고 있어 많은 이점을 얻을 수 있었다. 포드가 만드는 신무기의 시연을 이곳에서 시작할 수 있는 것이다.

"참, 실린건을 든 병사들은 어떻게 싸우죠?"

궁병들처럼 후방에서 공격한다는 건 알고 있지만, 아직 싸우는 모습을 보지 않아 잘 모른다. 발렌은 그들이 어떻게 싸울지 알아 두면 좋을 거라 생각했다.

"그들은 주로 궁병들처럼 처음에는 앞으로 나서서 적들에게 제압사격을 가할 겁니다. 플레이트 메일을 관통해 버릴 정도로 위력이 좋아, 기사들을 우선적으로 노릴 생각입니다."

석궁은 플레이트 메일을 뚫기는 하지만, 아주 드물게 관통할 뿐이다. 하지만 실린건은 아예 관통을 해 버린다고 한다. 그렇다면 운이 좋으면 그 뒤에 따라오는 자도 맞출 수 있다는 것이다. 하나 강력한 무기일수록 단점도 반드시 존재했다.

"하지만 직선으로 발사되기 때문에 후퇴하는 순간, 적들을 노리기 힘들어집니다. 수성에서는 괜찮지만, 야전에서 싸우게 되면 위험한 상황에 많이 노출됩니다. 아군을 맞출 위험이 높아지기 때문에 그 이후로는 제대로 싸우지 못한다는 단점이 있습니다. 발사하고서 후퇴하지 못한다면 참상이 벌어질 겁니다."

발렌은 고개를 주억였다. 확실히 그 문제는 개선해야 할 문제였다. 어떻게 하면 실린건 병사들을 지킬 수 있을지 고민하고 있을 때였다.

"그렇다면 사격 후에 창병하고 같이 다니면 되지 않을까요?"

이바나의 목소리였다. 이바나가 막사에 들어오며 그 말을 하자 모두의 시선이 그쪽으로 향했다.

"이바나 씨. 여긴 어쩐 일이세요?"

"이비 스톤 보급해 주러 왔어. 밤을 꼴딱 새도록 만들고, 마법사들에게 이비 스톤 만드는 법도 알려 주느라 진땀 좀 뺐어. 어젯밤에 굉장히 요란했다면서? 마을 사람들이 소리가 너무 커서 잠을 못 잤다고 하더라고."

이바나가 웃으면서 손을 흔들었다. 마덴 자작이 그녀에게 물었다.

"미스 엘로이. 막사에 들어오시면서 하신 말을 다시 해 주시겠습니까?"

"제압사격을 할 때는 뭉쳐 있고, 근접해 온다면 창병들 사이로 다시 대열을 갖추는 거죠. 실린건을 든 병사들이 창병들 사이에 있다면 기병들에게 보호도 되고, 안전하게 장전할 시간도 갖출 수 있잖아요."

이바나의 말을 듣고 보니 괜찮은 것 같았다. 충분히 효율성이 증가될 만한 전술이었다. 마덴 자작이 그녀에게 존경을 표했다. 이곳에 있는 누구도 생각하지 못한 방법이다. 발렌도 그녀의 말을 듣고 감탄했다. 전술이라는 것이 머리에서 쉽게 나올 수 있는 것도 아닌데, 바로 해결해 주었으니 속이 뻥 뚫리는 기분이다.

"아니면 방책을 만들어서 기병들이 접근하지 못하게 하면서 안전하게 쏘는 방법도 있고요."

　"좋은 전술 같습니다. 병사들에게 훈련시킬 수 있도록 하겠습니다. 감사드립니다, 미스 엘로이."

　지금 당장 그녀가 말한 대로 훈련을 시키려는 듯, 막사 밖으로 나갔다. 해결책을 찾은 마덴 자작은 상당히 뿌듯해하고 있었다. 발렌도 그녀에게 감사의 인사를 했다.

　"이바나 씨. 고마워요."

　그녀가 어깨를 으쓱였다.

　"고맙기는. 어차피 이거 내가 생각한 것도 아닌데."

　"네?"

　발렌이 의아한 시선으로 그녀를 바라보았다. 그녀가 생각하지 않았다면 누가 생각했다는 것인가?

　"전대 황제 폐하께서 생각해 두신 전술들이야. 네가 야전에서 활동하는 동안 성 내에서 실린더병들을 어떻게 운용할지 혼자서 고민을 많이 하셨거든. 그리고 그걸 종이로 옮긴 걸 내가 우연찮게 본 거고."

　아루스가 생각해 두었던 전술을 이바나가 보고 그것을 말해 준 것이다. 이렇게 운용하면 좋겠다고 생각했던 아루스의 전술이 전해진 것이다. 실제로도 좋아 보이기도 했다.

　"아루스 황제 폐하께서는 여기에 계시지 않으시면서 절

도와주시고 계시네요."

"네가 도왔으니 그대로 전해진 거지. 행운 하나는 기가 막히다니까."

"이바나 씨가 그것을 기억하고 계신 것도 크게 한몫을 했죠."

"후후, 내가 연금술사라고 시선이 곱지 않아도 난 이런 사람이란 말씀이야. 어서 더 칭찬해 봐."

그녀가 씩 웃으며 자신의 허리에 손을 올렸다. 코를 높게 세우며 자랑스러워하는 그 모습을 보고 발렌은 자신도 모르게 웃었다.

잠시 분위기가 풀어진 후에, 다시 작전 회의로 넘어갔다.

"만일 그들이 우회해서 성을 포위하면 어쩌죠?"

성 내에도 병력이 있지만, 그들에게 얼마나 저항할 수 있을지는 미지수다. 애초에 이곳은 척박한 땅이기에 성에서 자급자족하기가 힘들었다. 식량이 한 달분 정도 있기에 버틸 수 있지만, 포위만 한다면 오래 버티지 못하게 될 것이다.

그러나 벨루나 자작이 그 점은 염려하지 말라는 듯 조심스럽게 조언해 주었다.

"센티스 백작은 우회를 하기보다는 마정석 광산을 점령하려고 할 겁니다."

"예?"

"정확히는 그러고 싶어도 하지 못할 겁니다. 우리가 계속 마정석 광산을 지키고 있으면 그들 입장에서는 우회하는 즉시 후미에서 공격을 당할 테니 반드시 점령해야만 하는 곳이지요. 마정석 광산 너머는 알레하그라입니다."

"알레하그라? 고대어로 영광스러움이란 뜻인데……."

"고대어까지는 잘 모르겠습니다만, 그곳은 평원입니다. 드넓은 평지에 작은 언덕이 하나밖에 없기 때문에, 그들은 광산을 점령하려고 할 겁니다. 언덕을 통해 들어오면 우리에게 자신들의 움직임을 보일 수밖에 없으니 전략적으로도 반드시 점령해야만 하는 곳이죠."

벨루나 자작의 말대로라면 이곳만 지킨다면 충분히 승산이 있다는 소리다.

"하나 제가 이렇게 말씀드려도 신뢰하시면 안 됩니다. 센티스 백작은 영악한 자입니다. 틈을 파고드는 것을 잘하고, 심리전 또한 잘 펼치는 인물입니다. 방심을 해서도 안 되고, 틈을 보여서도 안 됩니다."

발렌이 조심하겠다는 듯 고개를 주억였다.

*　　　*　　　*

"도대체 저 무기는 무엇이란 말이더냐."

센티스 백작은 신무기의 위력에 병력들을 뒤로 물렸다. 정확한 사정거리가 얼마나 되는지 잘 모르기에 최대한 멀리 떨어져 다시 진영을 갖췄다. 그에 대해 조사했던 참모가 대답했다.

"실린더라고 하는 무기입니다. 얼마 전 내전에서 실제로 사용했고, 병사들이 마법사처럼 마법을 사용할 수 있도록 도와주는 무기라고 합니다."

"뭐? 일반 병사들이 마법을 쓰게 도와준다고?"

마법사들의 힘이 얼마나 강한지는 센티스 백작도 잘 알고 있다. 자신이 마법사인 만큼 모를 수가 없는 것이다.

"과장된 것일 수도 있지만 사실 같습니다. 실제로 내전에서 큰 활약을 했다고 합니다. 하지만 단점으로는 재사용까지 1분 남짓 걸린다고 합니다."

"1분이라……."

한 번 사용하면, 1분 동안 그들은 아무것도 못 한다는 뜻이다. 1분 내로 녀석들에게 접근하는 것이 관건이었다.

"그렇다면 기사들을 동원해 그들의 진형을 붕괴시키는 것밖에 없겠군."

"하지만 추가로 조사한 바에 따르면 실린건이라는 무기도 만들어졌다고 합니다. 실린더는 근접전에서 자신도 휘

말릴 수 있기에 사용하지 못하지만, 실린건은 목표물을 노리는 원거리 무기라고 합니다. 파괴력은 실린더보다 약하지만, 석궁보다 강력하다고 합니다. 기사들이 입는 플레이트 메일을 관통하고 뒤에 있는 나무 깊이 박혔다고 합니다."

"이래나 저래나 일단 우리가 먼저 피해를 입고 공격해야 한다는 뜻이로군."

센티스 백작은 어떻게 그들을 공략할 수 있을지 고심했지만 떠오르는 방법이 없었다. 낯선 무기인 만큼 어떻게 대처해야 하는지 감이 오지 않는 것이다. 게다가 저들은 절대 광산에서 내려오지 않을 것이다.

광산만 차지한다면 이 영지전은 자신이 승리했다고 봐도 무방했다. 마정석 광산을 점령하는 순간, 그들이 할 수 있는 것은 농성과 게릴라전 밖에 없을 테니 말이다.

'우린 각개격파를 하면서 진군한다.'

마이셀 백작령의 병사들의 수는 너무도 적었다. 자신의 7분의 1밖에 되지 않는 병력이다. 성에서 농성을 한다고 해도 오래 버티지는 못할 것이다.

"내일 오전 1,000명의 병사들을 선발해 그들을 마정석 광산으로 보내거라."

"예?"

고작 1,000명으로 진군하라는 명령을 내리자 참모가 당황한 듯 보였다. 그 숫자로 점령하지는 못할 테고, 가장 가능성 있는 것은 그들을 희생하여 어떤 식으로 공격해 오는지 분석할 속셈인 것 같았다.

"내 말을 듣지 못한 것이더냐?"

"하오나……."

"마정석 광산을 점령하기 위해서는 희생이 불가피하다. 저들의 전술을 보고 우리가 대처할 수 있도록 한다."

참모는 무고한 자들이 희생되는 것이 꺼림칙했지만, 백작의 명령을 어길 수 없었다. 결국 참모가 명령을 이행하기 위해 막사 밖으로 나갔다. 막사에 홀로 남은 센티스 백작이 자리에 앉으며 지도를 펼쳤다. 어떤 식으로 작전을 펼칠지 꾸준히 고민했다.

*　　　*　　　*

적들이 진군하고 있다는 보고를 받은 발렌이 마정석 광산 꼭대기에서 그들을 관찰했다. 움직이는 인원은 1,000명 정도였다.

"저 병력들은 뭐죠? 당당하게 이쪽으로 오고 있는데요?"

정찰병 치고는 인원이 너무 많고 너무 대놓고 오고 있었다. 투항하는 병력치고는 너무 많고, 무장도 갖추고 있었다. 몰래 침투하려는 것이 목적이었다면 오전이 아니라 어두운 새벽에 움직였을 것이다. 옆에 있던 마덴 자작이 그의 의문에 대답해 주었다.

"먼저 간을 재 보기 위한 병력일 겁니다. 우리가 어떻게 대처하는지 보려는 의도일 겁니다."

전술을 보고 그에 대비하겠다는 의미다.

"그만큼 저들도 피해를 많이 입을 텐데요?"

"예, 자신들이 있는 곳이 평원의 시작점이다 보니 너무 노출되어 정찰병을 보내거나 침투하기 쉽지 않아서 어쩔 수 없이 택한 방법일 겁니다. 우리의 전술을 보고 어떻게 대응해야 할지 봐야 그나마 승산이 있다고 판단했을 겁니다."

발렌은 고개를 주억였다. 그런 부분이라면 충분히 납득이 가능하다. 지리적 여건이 좋지 않으니 불리한 상황에서 해결책을 찾아볼 수밖에 없는 것이다.

"그렇다면 저들에게 우리의 전술을 보여 주도록 하죠."

"그래도 되겠습니까?"

"고지에서 더 큰 위력을 발휘하는 것이 실린더예요. 보이지 않게 고지 뒤에서 발사해서 타격을 가한다면 저들도 뒤로 물러날 수밖에 없을 거예요. 점령하지 못한다는 사실을 일깨워 주는 게 좋겠다고 봐요."

"명을 받들겠습니다."

발렌의 자신만만한 말에 마덴 자작이 고개를 주억이며 병력들을 이동시켰다. 이 와중에 1,000명의 적군이 광산 위로 오르기 시작했다.

*　　*　　*

'가망이 없군.'

마정석 광산에서 벌어지는 참상을 가만히 지켜보고 있는 센티스 백작. 자신의 병사들이 무의미하게 죽어 가고 있는데도, 그의 표정은 담담하기만 했다. 그는 망원경으로 적들의 공격 방식을 일제히 분석하고 있었다.

'저게 실린건인가? 엄청나게도 많이 모여 있군.'

명중률이 낮다 보니 뭉쳐서 일제 사격을 펼치는 방식으로 공격을 가했다. 일제히 정면으로 사격하면 낮은 명중률로도 충분히 다수의 적을 맞출 수 있으니 저런 전법을 택할수밖에 없는 것 같았다. 그렇지만 그 위력은 감히 무시할수 없었다.

그들의 공격을 막고 싶어도, 방패도 뚫어 버리는 공격은 막을 방법이 없어 보였다. 그들은 적들이 접근해 오자 일제히 뒤로 후퇴해 고지 위에서 다시 발포를 해 피해를 입혔다. 이후 궁병들의 공격이 시작되었다. 무수히 쏟아지는 화살은 방패로 막을 수 있으나, 피해가 아주 없을 수는 없었다.

신무기의 위력도 위력이지만, 궁병들의 공격도 매섭다. 1차적으로 압도적인 화력으로 선제공격을 가해 피해를 입히고, 어느 정도 거리가 확보되었을 때는 실린건을 사용, 조금 더 근접하면 화살을 쏘아 대니 피해가 보통 막심한 것이 아니었다. 광산 중간밖에 못 올라가서 절반의 피해가 났다. 게다가 점점 더 근접할수록 실린더가 더 빛을 발하니 접근하기도 전에 후퇴해야 하는 중대가 꽤 되었다.

'녀석들이 마정석 광산 위를 고집하고 있는 한, 우리에게 절대 승산은 없다.'

어떻게든 그 막강한 화력을 뚫는다 하더라도 막심한 피해를 입은 데다 이미 지칠 대로 지친 병사들이 제대로 싸울 수 있을 리 만무하다. 게다가 광산 꼭대기에 창병과 기병들이 배치되어 있는 것이 보였다. 7,000명이 총공격을 감행했어도 가망이 없어 보였다.

'쯧, 저런 천혜의 요새에서 주둔하고 있었으면서 내가 잠시 영지 일에서 손을 놓고 있을 때 이 광산을 빼앗겨?'

그것도 200명이 조금 넘는 병력에게 말이다.

마덴 자작이 영주로 있었을 때 빼앗겼다. 보고에 따르면 그 당시 지휘관이 임무를 내팽개치고, 병사들과 술을 마셔서 제대로 싸우지도 못하고 빼앗겼다고 들었다. 정신을 차리고 난 뒤, 광산을 빼앗기도록 허용한 지휘관의 재산을 모두 몰수하고 가족들을 영지에서 추방시켰지만, 그 피해는 이루 말할 수 없었다.

"영주님. 후퇴 명령을 내리셔야 할 것 같습니다."

옆에 있던 참모는 더 이상 병력이 희생되는 것을 반기지 않는 듯 보였다. 센티스 백작도 고개를 주억이며 망원경을 참모에게 다시 건넸다.

"신무기만 아니었더라면 충분히 해 볼 수 있었을 텐데, 이 병력으로는 어림없겠군. 광산으로 향한 병력들에게 후퇴 명령을 내리고, 모든 병력은 알레하그라 평원을 넘는다. 즉시 영지로 되돌아간다."

센티스 백작이 빠르게 퇴각을 명령하며 말을 자신의 영지로 돌렸다.

*　　　*　　　*

대승이었다. 발렌은 압도적으로 적은 병력으로도 이겼다

는 것에 만족한 표정을 지었다.

"대승입니다, 영주님. 적들이 꽁무니 빠지게 돌아가는 모습을 보십시오. 하하하! 센티스 백작이 나이가 들더니 우둔해진 모양입니다. 고작 저 숫자로 덤벼들다니. 게다가 겁쟁이가 되었나 봅니다. 고작 500명 정도 피해를 입은 것 가지고 완전히 퇴각하다니 말입니다."

마덴 자작이 크게 웃었다. 옆에 있던 벨루나 자작도 거들어 주었다.

"저들이 접근하기도 전에 전열이 무너지는 모습을 보니 역시 신무기의 위력이 대단합니다."

발렌은 고개를 주억였다. 신무기 덕분에 더욱 압도적으로 저들을 막아 낼 수 있었다. 전술을 분석하려고 해도, 더 많은 병력이 필요하다는 것을 몸소 깨달았을 것이다.

"영주님. 저들을 추격해 더 많은 피해를 입혀 센티스 백작에게서 항복 문서를 받는 게 옳다고 판단됩니다."

마덴 자작은 승리를 자신했다. 이미 겁을 먹고 퇴각하는 그들을 추격해 후미를 공격하면 더 많은 피해를 입힐 수 있으리라 본 것이다. 그러나 벨루나 자작은 그의 작전이 마음에 들지 않았다.

"마덴 자작, 추격이라니. 어림없는 소리 하지 마시게. 비록 고지에서는 우리가 신무기 덕분에 압도적인 힘을 발휘

했으나, 상대는 센티스 백작이네. 센티스 백작이 이를 염두에 두고 함정을 파 두었다면 오히려 당하는 건 우리가 될 거네."

"무슨 소리! 자네도 보지 않았는가. 명예 내전 당시 이에 두 배는 넘는 병사들을 상대로도 이긴 우리네. 센티스 백작이 함정을 파 두었다 하더라도 신무기가 있는 이상 적들은 아무것도 하지 못하고 쓰러질 게야."

"함정이면 어쩌려고 그러나!"

"함정이 아니면 오히려 손해이지 않은가!"

"자네, 생각보다 겁쟁이로군. 먹이가 겁을 먹고 도망치는데, 가만히 놔둘 사자가 어디 있는가."

"영주님과 우리 영지의 안전을 위해서네. 병력의 수가 저들과 비슷하다면 모를까, 압도적으로 적은 수로 저들을 어떻게 상대하려고 그러나!"

서로 언성이 높아졌다.

"모두 언성을 높이지 마시고, 우선 진정하세요."

발렌은 일단 그들을 말리려고 했으나, 그들의 의견은 발렌이 결정하지 않으면 해결될 것 같지 않았다.

"영주님, 제가 모시겠습니다. 추격하시지요."

"안 됩니다, 영주님. 위험합니다."

마덴 자작은 자신 있게 소리치고, 벨루나 자작은 추격은 절대 안 된다며 뜯어 말렸다. 서로 상반된 의견에 발렌이 고민에 빠졌다. 병력의 우위에 있는 센티스 백작. 그러나 그가 그 많은 병력을 가지고도 그냥 퇴각하는 것을 보면 확실히 겁을 먹었다는 생각이 들었다.

사기가 떨어진 적들이 도망치는데, 추격하면 더 많은 피해를 입혀서 두 번 다시는 쳐들어오지 못하지 않을까란 기대도 하게 되었다.

자신감이 생겼다. 발렌은 자신도 할 수 있다고 생각하며 주먹을 말아 쥐었다.

"저들을 추격하도록 하죠."

벨루나 자작은 침묵하고, 마덴 자작은 반색했다.

"안전하게 알레하그라 평원을 건널 수 있도록 모시겠습니다, 영주님."

"예, 마덴 자작. 직접 센티스 백작을 잡아 항복을 받아 내겠어요."

다시는 귀찮게 영지전을 걸어오는 일이 사라지게 만들고자, 그가 직접 알레하그라 평원으로 출병을 명령했다.

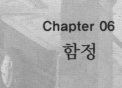

Chapter 06
함정

전장에서는 적을 의심하고 또 의심하라. 절대 방심하지 말고, 조심하고 또 조심하라. 상황이 잘 풀리고, 작전이 잘 진행된다면 십중팔구 상대의 계략이다.

—아루스 폰 바울라—

*　　　*　　　*

알레하그라로 진군을 시작한 500명의 병력. 발렌은 마덴 자작의 안내를 받아 평원을 이동하고 있었다.

"적들이 재빠르게 도망갔나 보네요."

"예. 어찌나 빨리 도망갔는지, 그들이 보이지도 않는군요."

조금이라도 빠르게 퇴각하기 위함인지, 아니면 급히 퇴각하라는 명령을 내려서인지는 몰라도, 그들은 공성 무기들을 버리고 갔다. 센티스 백작 측에서 버린 공성 무기는 이쪽에서 활용할 수 있기에 모두 챙겼다.

"너무 확 트인 곳 같은데, 이럴 때 우리가 불리하지 않나요?"

방어에서는 큰 힘을 발휘할 수 있겠으나, 병력이 적은 입장에서 이런 탁 트인 곳은 좋지 못하다. 사방에서 공격해 오면 그들을 막아 낼 방법이 없을 테니까.

"그것에 대비해 정찰병들을 사방으로 퍼트려 놓았습니다. 그들이 이쪽으로 다시 온다면 그 즉시 후퇴하면 됩니다."

마덴 자작이 그렇다고 하니 발렌이 고개를 주억였다. 마덴 자작이 다시금 입을 열었다.

"알레하그라 평원의 중앙에는 강이 있습니다. 비가 오지 않는 이상 충분히 건널 수 있지요. 하세브 강이라는 곳입니다."

"깊이는 얼마나 되나요?"

"조사한 바에 따르면 수심이 깊은 곳이라고 해도 허리까지밖에 오지 않는다고 합니다. 평균적으로 무릎까지 차오르는 얕은 강입니다."

무릎까지 차오른다고 해도, 이동에 지장이 생기는 건 사실이다.

"강 건너에 군을 배치하는 것이 전략의 핵심이라고 병서에서 봤어요."

"예, 센티스 백작은 일단 그곳에 진형을 이루고 막으려고 할 겁니다. 도강하려고 할 때 공격을 가하려는 속셈이겠지요. 그렇기에 예상외의 공격을 해야 합니다. 도강을 하지 않고, 전열을 가다듬은 그들에게 다시 한번 실린더를 사용해서 뒤로 물러나게 하는 건 어떻습니까?"

발렌은 고심했다. 고작 오백 명인데 몇 배나 넘는 병력을 상대로 평원에서 이길 수 있을지 감이 잡히지 않는다. 제아무리 신무기가 있다고 해도 그 한계가 명백하기 때문이다.

"이 평원을 언제 통과할 수 있죠?"

"대략 이틀 정도 이동하면 통과할 수 있습니다."

평원으로 나오기 전까지는 몰랐는데, 이렇게까지 광활한 곳일 줄은 몰랐다. 어디서나 적들의 움직임을 사전에 알 수 있다는 건, 적들도 이쪽의 움직임을 알 수 있다는 뜻이니까. 이쪽에서 좋을 건 없어 보였다.

"신속히 이동해야겠네요."

"크게 걱정하지 않으셔도 될 겁니다. 적들도 후미에서 우리가 추격하고 있는 것을 알고 있는지 서둘러 도망가기 바쁘다고 합니다."

발렌이 고개를 주억였다. 센티스 백작이 도망치기 바쁘다고 하니 그나마 다행일 것이다. 정말 신무기의 위력에 겁을 먹었을지 모른다는 생각도 들었다.

"그래도 혹시 모르니 정찰병을 꾸준히 보낼 수 있도록 하세요. 함정임이 밝혀지면 우린 그 즉시 퇴각해야 하니까요."

"예, 영주님."

마덴 자작은 자신 있게 소리쳤다. 발렌은 병사들을 격려하며 알레하그라 평원 깊숙이 발을 들이게 되었다. 그리고 그렇게 하루를 꼬박 추격했지만 전군은 머리카락 하나 보이지 않았다. 결국 알레하그라 평원의 중앙에 도착했을 때, 길게 이어진 하세브 강에 도착했다. 정찰병이 먼저 도강하여 더 전진해 적군이 있는지 살폈고, 곧 보고가 들어왔다.

"영주님. 정찰병들의 보고가 왔습니다."

"뭐라던가요?"

"적군들이 보이지 않는다고 합니다. 근처를 지나간 사냥꾼에게 물어보니 센티스 백작의 병사들이 몇 시간 전에 지

나갔다는 보고도 있습니다."

"정말인가요?"

"예, 영주님. 안심하시고 도강하셔도 될 겁니다."

발렌은 강을 눈앞에 두면서도 고민을 했다. 도강하는 게 맞는지 신중히 생각했다.

"왜 그러십니까, 영주님?"

"아뇨, 너무 순탄하게 진행되어서요."

"순탄하게 진행되면 좋은 것 아니겠습니까."

"너무 순탄해서 불안할 정도예요. 센티스 백작은 결코 이리 쉬운 인물이 아니라고 들었는데 말이죠."

"하하하! 아무래도 동부 영지 최강이라는 천하의 센티스 백작이라도 나이를 먹더니 예전과 다른 모양입니다. 알레 하그라 평원을 통과해 성으로 들어가기 전에 사로잡아 이 영지전을 끝내 버리시지요."

발렌은 고개를 주억였다.

그래, 이 영지전을 끝내 버리자. 이것은 일방적인 추격 전이다. 적이 등을 보이고 도망치고 있는데, 가만히 놔둬서 좋을 것이 없었다. 서둘러 추격한다면 오늘 사로잡을 수 있을 것이다.

그러나 발렌은 조금 신중해지기로 했다.

"혹시 모르니 도강을 한 후, 조금 더 이동한 후에 야영을 준비하도록 하죠."

"예? 오늘 따라잡을 수 있지 않습니까?"

마덴 자작은 그럴 시간이 어디 있느냐는 듯 잔뜩 흥분해 있었다. 발렌은 고개를 저었다.

"그렇기는 하지만, 병사들도 지쳐 있고 말도 지쳐 있으니까요. 잔뜩 지쳐 있는 상태에서 싸우면 숫자가 적은 우리가 역으로 당할 우려가 있어요. 병력이 많은 만큼 저들의 진군 속도가 우리보다 느릴 테니 충분히 잡을 수 있을 거예요."

발렌이 자신의 말을 쓰다듬었다. 거의 쉬지도 못하고 진군을 한 탓에 말도 거친 숨을 내쉬고 있었다. 발렌의 말이 이 정도인데, 기병들의 무거운 장비들을 메고 이동하는 말들은 얼마나 지쳐 있을까.

마덴 자작이 자신의 말을 보고 고개를 주억였다. 발렌의 말도 맞았다. 이 상태로 더 진군해서 싸워 봤자 좋을 건 없었다. 오늘 하루는 편히 쉬고 내일 바짝 추격한다면 충분히 그들을 따라잡을 수 있으리라.

"영주님의 말씀대로 하겠습니다."

"예, 그럼 도강하도록 하죠."

"예, 영주님."

발렌의 명령에 500명의 병사들이 도강을 시작한다. 발렌이 하늘을 바라보았다. 먹구름이 몰려오는 것을 보니 밤에 폭우가 한바탕 쏟아지리라.

*　　*　　*

센티스 백작과 발렌의 병사들은 고작 몇 시간 정도면 따라잡을 수 있는 거리에 있었다. 센티스 백작은 잠시 진군을 멈추고 병사와 말에게 휴식을 취할 수 있도록 했다. 지도를 펼쳐 말을 내려놓으며 자신들의 위치와 발렌의 위치를 지도 위에 표시해 두었다.

"지금쯤이면 하세브 강 인근에 도착했겠군. 마이셀 백작의 위치는 어디라고 하더냐."

"하세브 강을 도강하여 좀 떨어진 곳에서 휴식을 취하고 있다고 합니다."

"강을 넘었다고?"

"예, 영주님."

"확실한 것이더냐?"

"예, 확실합니다."

추격을 당하는 입장에서는 두려울 법한 보고였다. 그러나 그의 얼굴은 쫓기는 사람의 얼굴이 아니었다. 센티스 백작의 표정과 눈빛에서는 일체의 두려움을 찾아볼 수 없었다. 센티스 백작의 눈초리가 길게 찢어지고, 입꼬리가 귀에 걸렸다. 그가 지휘관들에게 소리쳤다.

"사전에 내가 지시한 대로 실행했겠지?"

참모에게 시선을 돌린 센티스 백작. 참모가 바로 대답했다.

"예, 영주님. 명령만 하시면 언제든 신속히 움직일 수 있도록 연락망도 구비해 두었습니다."

"좋아, 잘했다. 정말 잘했어. 녀석들이 걸려들었다. 한 시간 후, 다시 전진한다고 명령을 하달하라. 뭣도 모르고 날 잡겠다고 쫓아온 들고양이 같은 녀석에게 범의 무서움을 보여 주자."

우렁찬 기사들이 대답이 막사 밖까지 울려 퍼지며 그들이 바삐 밖으로 나갔다. 모든 이들이 막사 밖으로 나가자 센티스 백작이 더욱 크게 웃었다.

* * *

쏴아아아!

늦은 새벽, 그의 예상대로 한바탕 폭우가 시작되었다. 병사들이 천막을 쳤지만, 천막 안으로 물이 줄줄 새어 들어왔다. 그나마 다행이라면 알레하그라 평원에 유일하게 있는

작은 언덕에 자리를 잡은 까닭에 임시로 배수로를 파니 덜 들어온다는 것이다. 그래도 바닥이 물바다가 되는 건 어쩔 수 없었다. 또한 풀이 무성하게 자라 진영 밖보다 땅이 질 퍽거리지 않는다는 것만으로도 충분히 위안으로 삼을 만했 다. 발렌은 가죽 후드를 뒤집어쓴 채 밖으로 나왔다.

행군을 하느라 힘들 텐데 적군이 올 것을 대비해 순찰을 도는 병사와 보초들이 보였다. 발렌이 몇 걸음 앞으로 나가 자, 누군가가 소리쳤다.

"정지! 거기 누구냐. 정체를 밝혀라."

"발렌이에요."

"영주님."

발렌의 목소리를 들은 병사들이 창을 치우고 고개를 숙 였다. 발렌은 순찰을 돌면서도 경계를 늦추지 않는 그들을 만족스럽게 바라보았다.

"고생이 많으시네요."

"아닙니다. 저희들이 고생할 게 뭐가 있습니까. 오히려 고생은 영주님께서 하고 계시지 않습니까."

"직접적으로 전투를 하는 건 제가 아니잖아요. 순찰을 돌고 계셨어요?"

"이제 철수하러 가는 길이었습니다."

순찰이 끝나고 다음 후번 순찰자와 교대하고 천막으로

가는 모양이다.

"고생이 정말 많으시네요."

정중히 말하는 발렌. 그리고 그들에게 물었다.

"고든 씨와 칼스 씨였죠?"

"어이쿠, 하대하십시오, 영주님."

발렌은 남들에게 하대하는 것이 익숙하지 않았다. 자신이 영주라는 것은 알지만 그래도 평민으로 지낸 삶이 더 길었으니 당연한 일이다. 가끔 이 자리에 있는 것도 어색하게 느껴지고는 했다.

"저희의 이름을 기억해 주시다니, 영광입니다."

어찌 그들을 모를 수가 있겠는가. 내전 당시에 발렌과 함께 실린더병으로 반 년 이상을 활약한 이들이다. 그들이 협곡 위로 올라갈 수 있게 해 주어 전투를 순식간에 역전시킬 수 있었다. 발렌은 그저 빙그레 웃었다.

"영광이라고 할 것까지야. 이번에도 활약을 기대할게요."

"예, 영주님."

칼스와 고든이 고개를 숙이고 천막으로 이동했다. 발렌이 주위를 둘러보다가 막사로 다시 발을 옮길 때였다.

"영주님!"

마덴 자작이었다. 발렌을 부르며 허겁지겁 달려오는 마

덴 자작. 그가 고개를 숙이며 물었다.

"폭우가 쏟아지는데 영주님께서 어찌 나와 계십니까."

"천둥번개가 요란해서 자다가 깼어요. 산책이라고 하기에는 좀 그렇지만, 오랜만에 비를 맞으니 좋네요."

발렌은 이미 젖은 자신의 옷을 보고도 하하 웃고 있었다. 어렸을 적 고향에 있을 때 비를 맞으면서 친구들과 논 적이 꽤 많았다. 마덴 자작은 그것을 못마땅하게 생각하는 듯했다.

"영주님. 영주님께서는 귀족이십니다. 이제 더 이상 평민이 아니니 행동 하나하나를 조심하는 것은 물론이고 품위도 지키셔야 하며, 부하들에게는 위엄을 보이셔야 합니다."

이해해 줄 것이라 생각했던 것과 달리, 마덴 자작이 쓴소리를 했다. 자신의 주군이 남들에게 안 좋게 보이는 것을 염려하는 것이다.

"힘들더라도 하나하나 바꿔 나가십시오."

"뭐…… 노력은 해 볼게요."

말은 그렇게 했지만, 발렌은 지금 당장 고칠 마음이 없었다. 지금까지 이렇게 살았는데 그게 쉽게 고쳐지겠는가. 애초에 귀족들의 행동에 하나하나 신경 쓰면 제 명에 못 산다. 발렌은 자기 편한 대로 살고 싶어 하는 주의였다. 발렌의 대답이 영 만족스럽지 않은 마덴 자작. 발렌은 그가 쓴 소리를 하기 전에 화제를 바꿨다.

"그런데 마덴 자작은 이 야심한 시각에 깨어계셨어요?"

"이번에 새로 들어온 신입 기사들을 모아 전쟁 수칙에 대해 알려 주고 나오는 길입니다."

"기사들이 새로 들어왔었나요?"

"예. 제가 영주로 있을 당시 들어온 이들입니다. 영지에 있던 것들을 샤란 님께 인수인계하느라 많이 알려 주지 못해, 이곳에서 알려 주게 되었습니다."

세 자작들의 영지를 모두 인수인계하고 통합하는 데 꽤 오랜 시일이 걸리는 것은 어쩔 수 없다. 이제 어느 정도 끝난 시점이라 그들을 본격적으로 교육하고 있었지만, 알려주지 못한 것이 많아 여기에서도 알려 주었던 모양이다. 꽤 오랫동안 말을 타서 피곤할 텐데도 자신의 본분을 다하는 그를 보자니 경외심이 들었다.

"왜 그러십니까?"

발렌이 뚫어지도록 바라보자, 마덴 자작이 물었다. 그는 미소를 지었다.

"아뇨, 마덴 자작이 대단하다는 생각이 들어서요."

"저 같은 놈보다 영주님께서 더 대단하시지요. 아무것도 없는 상태에서 여기까지 올라온 사람은 없을 테니까요."

띄워 주려고 해도 마덴 자작이 오히려 더 띄워 준다. 발렌이 멋쩍은 듯 머리를 긁적이고 있으니, 순찰을 돌던 병사들이 다가왔다.

"영주님. 진영 밖이 뭔가 이상합니다."

"뭐가 이상하다는 거죠?"

"빗소리에 많이 묻혔지만, 다수의 인원이 이쪽으로 오고 있는 것 같습니다."

병사들은 감각적으로 뭔가를 느낀 듯했다. 그들은 슈벤 소탕을 펼치면서 감이 상당히 예민해져 있었다. 뭔가 있는 것 같기는 한데, 확신이 들지 않아 일단 보고를 한 것이다.

우르릉! 번쩍!

천둥번개가 치면서 잠깐이지만 주위가 밝아졌다.

발렌과 마덴 자작이 그 잠깐 동안 다수의 움직임을 발견했다.

"지금 당장 밤하늘을 밝히세요!"

"예, 영주님!"

발렌의 허락이 떨어지자, 야간에 대기하고 있던 실린더병 한 명이 이비 스톤을 장전하고 하늘 위로 발사했다. 하늘로 빛이 솟아오르며 이 일대를 밝혔다. 그리고 발렌과 마덴 자작은 믿기 힘든 광경을 목격했다.

다수의 적군이 이쪽을 향해 오고 있는 것이었다.

"저, 적이다!"

밤하늘이 밝아지자 완전히 모습을 드러낸 적들이 우렁찬 함성을 지르며 이쪽으로 몰려오기 시작했다.

* * *

세인브리트 황성. 황성에서는 대회의가 한창 진행 중이었다. 평소 발언권이 적었던 귀족들도 국사에 참여할 기회가 주어지는 행사이다. 황제는 국내의 여러 일을 모두 전해 들을 수 있으며 여러 지방에서 모인 귀족들도 정보를 공유하고 앞으로 자신의 영지를 어떻게 이끌어야 할지 방향성을 찾아 주는 행사이기도 했다.

이스딜 자작은 서쪽 변방 영지의 영주이지만 그에게도 발언권이 생겼다.

"최근 도적들로 인해 많은 영지가 골머리를 앓고 있습니다. 지방에서는 산적이 상단을 공격해 물품을 모두 갈취하고 있다고 합니다. 세가 워낙 빠르게 불어나고 있어 많은 상단들이 이로 인해 피해를 봤고, 망한 곳도 상당히 된다고 합니다. 데스빌런 백작령에서는 산적이 데스빌런 영애를 붙잡아 몸값을 요구하기도 했다고 합니다."

귀족을 붙잡아 몸값을 요구하는 일이 많지는 않지만, 그렇다고 없는 편은 아니다. 그러나 데스빌런 백작령은 서쪽 영지 중 가장 강한 영지 중 하나다. 그곳 영주의 딸을 붙잡아 몸값을 요구했다는 것은 그만큼 도적들의 영향력이 강화되어 대담해졌다는 뜻이리라.

"도적들의 심각성은 이미 많이 보고가 되었지만, 갑자기 수가 불어난 이유는 뭐죠?"

"각각 영주들이 과도하게 세금을 걷는 것이 문제가 되는 것 같습니다. 도적들이 들끓는 영지는 타 영지보다 세금이 높은 곳들입니다."

"그래서 다들 어떻게 해결하고 있지요?"

"병력을 꾸려 도적을 소탕하고 있지만 여전히 도적들의 수는 거의 줄지 않았다고 합니다. 마땅한 방법이 없어 보입니다."

"마땅히 다른 방법이 없다고요? 다른 영주들도 마찬가지인가요?"

그녀가 다른 영주들에게 묻는 듯 쭉 둘러보았지만 다들 이스딜 자작과 같은 의견이었다.

엘리즈는 병력으로 맞상대하는 것 외에 아무것도 생각하지 않는 그들을 보고 황당한 표정을 지을 수밖에 없었다. 도적이 생기면 소탕하는 것이 마땅한 일이기는 하지만, 그 원인을 알고도 해결하지 않는 그들을 보자니 기가 막힐 따름이다.

"세금을 낮추면 쉽게 잠재울 수 있는 문제잖아요."

"황제 폐하. 아뢰옵기 황공하오나, 세금을 낮추고 올리는 것은 영주들의 권리입니다. 영주들이 반발할 게 뻔합니다."

엘리즈는 그 말에 못마땅한 표정을 지었다. 세금만 낮추면 도적단도 와해될 문제를 어렵게 끌고 가려고 하고 있었다.

"왜 도적이 되었는지 알고 있다면 그 원인을 해결하면 큰 힘을 들이지 않아도 자연스럽게 사라지지 않을까요? 원인만 해결하면 다시 원래 자리로 돌아갈 겁니다."

"황제 폐하. 그들은 범죄자입니다. 도적질로 타인을 해치고, 피해를 입힌 그들이 다시 원래 자리로 아무 일 없다는 듯 돌아가면 백성들이 뭐라고 생각하겠습니까!"

"그들을 범죄자로 만든 건 영주들이에요. 원인을 제공한 영주들을 탓해야죠."

"황제 폐하! 그 발언은……."

"귀족들을 무시한다는 것인가요? 그렇다면 제 말에 반박해 보세요, 이스딜 자작. 그대는 분명 영주들이 과도한 세금을 걷는 게 도적들이 늘어난 원인이라고 제게 말했습니다. 그들이라고 도적이 되고 싶어서 되었을까요? 이 나라는 밭을 일구고 사는 자들이 대부분입니다. 평생 논밭만 일 군 그들이 할 줄 아는 다른 일이 무엇이겠습니까. 먹고살 길을 찾고 또 찾다가 도적이 된 겁니다."

"……."

아무도 그녀의 말에 반박하지 못했다.

"나라든 영지든 백성이 있어야 존재하는 겁니다. 나라가 백성을 지켜 줘야지, 착취하는 대상으로 생각하면 그들이 진심으로 이 나라를 사랑하게 될까요? 대부분의 나라들은 내부에서 시작해서 결국 외부의 침략으로 멸망했습니다. 우리도 그러지 않으리란 법은 없습니다."

"감히 그 어떤 나라가 아국을 넘볼 수 있겠습니까. 대륙 최강국인 우리는 절대 무너지지 않습니다!"

그녀의 말에 귀족들이 그럴 리 없다며 소리 높여 말했다. 이 나라가 멸망할 거라고는 전혀 생각하지도 않는 발언들 이었다. 엘리즈는 그들을 보며 반박했다.

"그럼 그대들에게 묻겠습니다. 트라비키아 통일 제국은 힘이 약해서 멸망한 나라이던가요? 바올라 제국이 건국된 이유가 무엇 때문입니까?"

"……."

일순간 주변이 고요해진다. 이 나라가 건국된 것을 귀족 들이 모를 리 없었다. 이 대륙 전체를 통일한 트라비키아 통일 제국에 맞서 싸우고 여러 나라가 생긴 이유도 폭정 때문이었다. 이 나라도 그러지 말라는 법이 없었다.

"역사에서 교훈을 배우도록 하세요. 안이한 생각으로 대처한다면 걷잡을 수 없게 될 테니까요. 예부터 도적이 들끓으면 나라가 망할 징조라고 했습니다. 도적이 된 이들은 처벌해야 마땅하나, 앞으로 도적이 더 생기지 않게끔 만드는 게 더 중요합니다. 제 말에 이의가 있는 자는 발언해 주세요."

"……."

모두 엘리즈의 말에 반박하지 못한 채, 가만히 입을 다물었다. 지식으로 그녀를 이길 자가 없는 듯했다.

"그럼 이 의견은 모두 수렴한 걸로 생각하지요. 앞으로 적정선의 세율을 나라에서 정해 모든 영지가 그만큼 거둬들일 수 있도록 합시다."

영주들은 못마땅한 얼굴이었으나, 함부로 발언하지 못했다.

이 자리에 함께한 남바른 공작이 자리에서 일어났다.

"현명하신 판단입니다, 황제 폐하. 황제 폐하의 선견지명은 앞으로의 천년을 세울 튼튼한 기둥이 될 것입니다."

예부터 정통 황제파인 남바른 공작가는 그녀의 의견에 찬성했다. 그러나 정통 귀족파인 루베너 공작은 그런 남바른 공작 또한 못마땅하게 바라보았다.

평소의 루베너 공작이었다면 그 어떤 황제에게든 자신의 의견을 당당히 말했겠으나, 지금은 말하지 못하고 있었다. 다름이 아니라 가벨 황제의 편에 섰던 주요 인물 중 한 명이었기 때문이다. 엘리즈의 눈 밖에 나는 순간 자신의 가문이 더 이상 설 곳이 없어질 것을 알기에 숨죽일 수밖에 없는 것이다.

아루스가 내전을 승리로 이끎으로써 그의 편에 섰던 엘리즈는 자연스럽게 황권이 강화될 수 있었다.

"좋아요. 이 문제는 해결된 것이라 보고, 그럼 다음 문제로 넘어가도록 하지요. 마르온 백작, 동쪽은 어떤가요?"

"동쪽 영지는 대체로 평화롭습니다. 도적이 있기는 하지만, 타 영지에서 건너온 도적들이지요. 얼마 전 도적단 두 개를 괴멸시켜 일을 해결했습니다. 무역도 활발히 이루어지고 있습니다."

"그런가요?"

"다만 동부 영지의 두 가문이 상당히 시끄럽습니다. 센티스 백작가와 마이셀 백작가에서 영지전이 벌어진 상황입니다."

"잠깐, 그건 무슨 소리죠? 영지전이라니요?"

엘리즈는 처음 듣는 말이었다. 마이셀 백작가는 발렌의

영지를 말하는 것이었다.

"센티스 백작가 측이 마이셀 백작가 인근에서 훈련을 하면서 도발을 했다고 합니다. 그리고 그로 인해 서로 충돌이 있었고, 마이셀 백작이 센티스 백작가에서 보낸 서신을 사신 앞에서 찢음으로써 영지전이 벌어졌다고 합니다."

엘리즈가 근방에 있는 탑주를 바라본다. 왜 말해 주지 않았냐는 듯한 시선이다. 탑주가 침음하며 대답했다.

"소신도 방금 들었습니다. 얼마 전, 영지의 일이 심각한 것 같다고 하여 마이셀 백작이 휴가를 내고 텔레포트 게이트를 타고 영지로 갔습니다만, 설마 영지전이 벌어졌을 줄은 몰랐습니다."

그녀가 침음하며 발렌을 떠올렸다. 영지전이라니.

그러고 보면 대회의에 늘 참석하던 센티스 백작. 그는 자신이 바쁘면 대리인이라도 반드시 참석시켰는데, 이번에는 아무도 오지 않았다. 그 이유가 이것이었다.

엘리즈는 발렌을 걱정했지만, 이 자리에서 한 영주를 옹호할 수는 없는 노릇이었다. 영지전은 영지끼리의 문제다. 황제가 나설 수 있는 것이 아니었다.

"좋아요. 다른 이야기는 없나요?"

"이것은 국내의 일은 아닌, 메이어 신성 제국의 일입니다만……."

동부 영지와 가깝다 보니 타국에 대한 정보도 어느 정도 가지고 있는 마르온 백작가. 엘리즈는 흥미가 생긴 듯 말해 달라며 고개를 주억였다.

　"최근 메이어 신성 제국이 심각한 상황이라고 합니다. 메이어 신성 제국의 황제가 갑자기 앓아누워 타계했다고 합니다."

　"예, 사신이 왔을 때 그 소식을 접했습니다."

　"그 뒤를 이어 에드워드 황태자가 황위에 올랐으나, 역시 건강 상태가 좋지 않아 프리실라 황비께서 대신 국정을 이끌고 있다고 합니다."

　"다른 사람도 아니고 에드워드 황제가 병에 걸렸다고요?"

　그 소식은 전해 듣지 못했다. 에드워드 황제도 아루스 못지않게 만만치 않은 실력자이다. 그런 그가 병에 걸렸다고? 이상한 일이다.

　"메이어 신성 제국의 수도 내에서 강한 역병이 돌고 있다는 정보가 들어오고 있습니다. 시체가 도시 곳곳에 널려 있고, 지옥과 같은 풍경이 펼쳐지고 있다고 합니다."

　시체가 도시 곳곳에 널려 있다고 할 정도면 그만큼 강한 전염병이라는 소리일 것이다. 하기야, 에드워드 황제도 병에 걸려 앓아누웠을 정도라고 하니 보통 강한 전염병은 아닐 것이다.

"언니께서는 괜찮은가요?"

"프리실라 황비께서는 건강하신 것 같습니다."

"휴~"

엘리즈가 안도의 한숨을 내쉬었다. 자신에게 이제 마지막으로 남은 혈육인 언니가 무사하다니 천만다행이었다.

"그리고 아주 최근 정보입니다만, 애슐리아 공국을 점령했다고 합니다."

"애슐리아 공국은 메이어 신성 제국과 우호 관계가 아니었던가요?"

"예, 한때는 혈맹으로 불릴 정도로 친밀한 나라였습니다만, 갑자기 관계가 급격히 틀어지더니 결국 전쟁까지 간 듯합니다. 에드워드 황제가 공격하라고 명령했다고 합니다. 자세한 것은 조사 중에 있습니다."

뭔가 움직임이 이상했다. 혈맹이라고 부를 정도로 친밀했던 나라끼리 전쟁을 벌이다니. 아무리 관계가 급격히 틀어졌다고 하더라도 이렇게까지 감정적으로 나올 수는 없는 일이다.

"메이어 신성 제국에 대한 정보를 더 모아야겠군요. 마르온 백작은 영지에 돌아가서도 메이어 신성 제국의 정보가 도달하는 즉시 제게 보고할 수 있도록 해 주세요."

"예, 황제 폐하."

"그럼 이제 다른 주제로……."

아직 대회의는 끝나지 않았다.

* * *

"와아아아아!"

함성 소리가 평원 가득 울리고 있었다. 사방으로 포위되어 500명의 병사들이 진영을 둘러싸며 원진을 펼쳤다. 발렌의 병사들이 고군분투하며 싸우고 있었지만, 점점 밀고 들어오는 적군들에게 밀려 피해가 발생하고, 점점 폭이 좁혀지고 있었다.

"실린더와 실린건이 말을 잘 듣지 않습니다!"

"적들이 사방에서 몰아치고 있습니다! 피해가 누적되고 있습니다!"

발렌은 계속해서 전달되는 보고를 듣고 표정이 어두워졌다. 유리한 고지에 있다고 해도, 작은 언덕일 뿐이다. 적들은 자신들의 수가 많다는 것을 이용해 적극적으로 밀고오고 있었다. 물에 젖어 발사가 안 되는 것은 물론이고, 발사가 된다 하더라도 위력을 크게 기대할 수 없었다.

적군은 실린더에 대해 잘 모르니 이것을 노린 것 같지는 않았다. 비가 오면 불화살처럼 큰 위력을 보일 수 없다는 것을 처음 알게 된 발렌이었다.

"영주님, 퇴각해야 합니다!"

"어디로 가야 하죠?"

사방이 포위되어 뚫기도 힘들다. 이런 상황에서 어떻게 대처해야 할지 판단을 내리지 못하는 발렌. 이런 상황은 생각하지 않았기 때문에 갑작스러운 그들의 공격은 발렌을 공황 상태에 빠지게 만들어 버렸다.

"왔던 길로 돌아가야 합니다. 제가 앞장서서 뚫겠습니다. 전군, 포위망을 뚫어라!"

마덴 자작이 허리춤에서 검을 뽑아 들었다. 발렌이 이를 아득 물며 말에 올라탔다. 발렌의 병사들이 명령을 듣고 포위망을 뚫기 위해 전력을 한곳으로 몰았다. 그 과정에서도 피해가 발생했지만, 그 덕분에 포위망을 뚫을 수 있었다.

"강물이 불어났으면 어쩌죠?"

"하세브 강은 강물이 불어도 물살만 견뎌 내면 충분히 건널 수 있으니 걱정하지 마십시오!"

마덴 자작은 그렇게 확신했다. 발렌은 그의 말을 믿고 후퇴를 감행했다. 그가 뒤를 바라보았다. 그의 뒤를 따라오는 병사들의 수가 눈에 띄게 줄어든 것을 확인했다. 일부 중대가 시간을 끌기 위해 싸우는 소리가 들려왔다. 못해도 절반

은 당한 것 같았다. 방금 전 포위 공격에 희생을 치른 것이
다.

발렌이 이를 아득 물었다. 마덴 자작이 그런 발렌에게 사
죄했다.

"죄송합니다, 영주님. 제가 어리석은 판단을 했습니다.
나중에 영지로 돌아가서 벌해 주십시오."

"지금은 병사들이 안전하게 퇴각하는 것만 생각해 주세
요. 벌을 내릴지 말지는 나중에 판단하겠어요."

"예, 영주님. 명을 받들겠습니다."

일단 이 건에 대해서는 나중에 생각하기로 하고 남은 병
력이라도 안전하게 퇴각하는 것만을 생각하며 강 쪽에 도
착했을 때였다.

"사, 사람 살려!"

앞쪽에서 먼저 달려가던 병사가 갑자기 허리까지 진흙
속으로 빠졌다.

"영주님, 늪지대입니다!"

"이런……!"

하필 늪지대라니! 폭우와 범람한 강물이 만들어 낸 늪이
었다. 후퇴할 곳은 없어 보였다. 어느 땅을 밟아야 안전할
지 감이 잡히지 않았다. 퇴각하던 병력들이 일제히 자리에
멈춰 섰다. 이미 강 쪽에도 적군이 있었다. 어떻게 늪지대

를 빠져나간다고 하더라도 그들을 맞이하게 될 것이다. 마덴 자작의 표정도 어두워졌다. 강 쪽에 배치된 적군들은 모두 기병으로 이루어져 있었다. 기병들의 숫자는 어림잡아도 200명 남짓. 그리고 이쪽은 기병이 30명, 보병이 100여 명뿐이다.

다행이라면 기병을 상대할 창병들이 많다는 거지만, 한 가지 문제가 있었다. 후미에서도 적이 몰려온다는 것이다. 시간을 끌어서 이쪽에 좋을 건 없었다. 승산이 없어 보이는 싸움 같았다. 그들을 무시하고 돌파한다고 해도, 불어난 강물이 그들의 발목을 잡을 게 뻔하다. 그리고 강을 건너려는 아군을 향해 기병들이 공격해 들어올 것이다. 완전히 이곳에 갇혀 버린 것이다.

"우와아아아!"

뒤에서 함성 소리가 들려온다. 시간을 끌기 위해 몇몇 중대가 남아 싸웠지만 역시 무리였던 모양이다. 그리고 기병들도 움직였다. 기병들이 긴 창을 내밀며 돌격해 온다.

"영주님을 지켜라!"

마덴 자작의 외침과 함께 다시금 병사들이 원진을 펼쳤다. 발렌의 주위로 마나가 떠돌았다. 최대한 저항하기 위해 발렌도 전투에 합류한다. 이제 뚫리는 것은 시간문제로 보였다.

"드디어 내 앞에 무릎을 꿇게 되는군, 마이셀 백작."

발렌과 마덴 자작이 포박을 당한 채, 센티스 백작의 앞에 무릎을 꿇었다. 그들만이 아니라 생존한 병사들도 포박을 당한 채 무릎을 꿇고 있었다. 그의 주위로 센티스 백작의 병력들이 모여 있었다.

"평민이 귀족이 되었다고 다른 사람도 아닌 나를 건드리다니. 자네는 상대를 잘못 봤다."

센티스 백작은 발렌을 조롱하며 웃고 있었다. 승자의 기분을 만끽하는 센티스 백작. 발렌의 인상은 좀처럼 펴지지 않았다. 센티스 백작은 완드를 가만히 바라보았다. 발렌에게서 노획한 완드였다.

"분에 맞지 않게 엄청난 완드를 가지고 있었군."

센티스 백작이 돌연 인상을 찌푸리며 완드를 떨어뜨렸다. 그는 고통스러운 표정으로 고개를 저었다.

"귀속이 걸려 있는 데다 에고 아이템인가? 도대체 이런 완드가 어떻게 네놈의 손에 들려 있는 거지?"

센티스 백작은 보나바르의 완드에서 시선을 떼지 못했다. 그는 완드를 잠깐 살펴보는 것만으로 이 완드의 가치를 알아보았다.

"그게 무슨 소리지? 에고 아이템이라니?"

에고 아이템이라면 의지를 가진 것이 아니던가. 발렌은 지금까지 완드를 지니면서 단 한 번도 에고 아이템이라고 생각해 본 적이 없었다.

"전혀 모르고 있었나? 보아하니 이 완드의 가치를 제대로 파악하지 못한 거 같군. 주인을 잘못 만나도 한참 잘못 만났군. 이런 녀석에게 내 아들이 패배했다는 게 믿기지 않을 정도야."

센티스 백작은 시선을 발렌에게서 거두며 그 옆에 있는 마덴 자작을 바라보았다.

"자네는 예전부터 그랬지. 평소에는 이것저것 잘 보며 정확한 판단을 하지만, 흥분하면 눈앞에 있는 것만 보고 어리석은 행동을 하고는 했어. 벨루나 자작이라면 진군하지 말라고 만류했을 텐데 말이야."

마덴 자작이 센티스 백작을 잘 알 듯, 센티스 백작도 그를 잘 알았다. 엔더크 자작, 벨루나 자작, 마덴 자작은 센티스 백작의 밑에서 20여 년간 있었다. 서로 어떤 성격이고, 어떻게 행동하는지 모를 수가 없는 것이다.

"결국 네놈은 내 손에서 놀아났다는 뜻이다. 틀린 정보를 믿고 상대하니 이렇게 되는 것이다."

마덴 자작이 입술을 꽉 깨물었다. 이렇게 붙잡히고 나서야 자신의 과오가 떠올랐다. 너무 자신만만해서 앞뒤 생각하지 않고 그를 쫓던 것이 이렇게 되어 버렸다.

"지금이라도 내 밑으로 들어오겠다고 한다면 모든 죄를 용서해 주도록 하지. 자네는 냉정히 생각만 할 줄 알면 탁월한 지휘관이거든."

센티스 백작이 누군가를 높게 평가하는 것은 정말 드문 일이다. 그를 자신에게로 끌어들이려는 것은 마덴 자작의 능력을 인정하고 있다는 것이다.

"어떻게 할 텐가?"

마덴 자작이 고개를 들었다.

"난 이미 씻을 수 없는 죄를 지었다. 야욕에 멀어 전대 마이셀 백작님을 배신했고, 얼마 전에는 이를 만회하기 위해 다시 널 배신했지."

"난 그것을 모두 이해하면서 네놈을 받아 주겠다고 하는 것이다. 관용을 베풀어 주지."

그가 이를 깨물었다.

"그렇다고 또다시 명예를 더럽히는 건 내 스스로가 용서하지 못한다. 나의 주군은 마이셀 백작님! 다시는 네놈의 세 치 혀에 속아, 같은 실수를 되풀이하지 않고, 명예를 지킬 것이다!"

그가 소리치며 자리에서 벌떡 일어났다. 그의 손에는 몰래 숨겨 둔 단도가 들려 있었다. 밧줄을 끊고 달려드는 마덴 자작. 그러나 센티스 백작의 기사들이 더 빨랐다.

푹! 푹! 푹!

수많은 창과 검이 그의 몸을 꿰뚫었다. 마덴 자작의 몸과 입에서 피가 쏟아졌다.

"마덴 자작!"

발렌이 그를 불렀지만, 마덴 자작의 몸이 허수아비처럼 뒤로 쓰러진다. 그가 마지막으로 남은 힘을 쥐어짜며 그에게 손을 뻗은 채 입을 열었다.

"영주님…… 죄송합……."

툭!

마덴 자작의 손이 대지 위로 떨어진다. 눈을 뜬 채 결국 전사한 마덴 자작. 센티스 백작가의 기사들이 조심스럽게 마덴 자작의 눈을 감겨 주었다. 적이지만, 기사의 본분을 다한 그에게 경례를 하는 자도 더러 있었다.

"자, 이제 자네는 어떻게 할 텐가?"

센티스 백작이 조소를 지으며 발렌을 내려다보았다.

"기사들이여. 이들을 모두 처형하라."

포로들을 모두 죽이라니. 센티스 백작의 말에 모두가 놀란 눈으로 그를 바라본다.

"영주님. 포로를 처형하는 것은 기사도에 어긋납니다."

"기사도는 주군의 명에 무조건 복종하는 것이 아니더냐. 너희들의 전우를 죽인 자들이다. 그에 대한 복수를 해야지."

"그렇다 하더라도 그럴 수 없습니다."

기사들은 완고했다. 주군의 명령을 받드는 것도 기사도지만, 전투 중인 병사를 무찌르는 것도 아니고, 포로를 처형하는 것은 기사도만 아니라, 그들 스스로를 더럽히는 행위이다. 무고한 살생은 기사도에서 가장 해서는 안 될 짓이었다. 기사들의 입장에서 기사도를 더럽히는 짓을 절대 할 수 없었다.

'하여간, 기사란 족속들은.'

센티스 백작이 속으로 혀를 끌끌 차며 그들에게서 시선을 돌려 병사들을 바라봤다. 그가 손에 들고 있던 도끼를 내밀었다.

"너희들이 하거라."

병사들도 망설이기는 마찬가지. 기사들이 하지 않는데, 자신들이 하는 것이 옳은지, 그른지 모르겠다는 표정이다. 그 답답한 모습에 센티스 백작이 손을 뻗었다. 그의 손에서 마나의 기운이 퍼지며 거대한 불덩이가 만들어졌다.

"항명을 하겠다는 것이더냐? 너희들은 내 손에 죽고 싶은 게로구나."

더 이상 기회는 없다는 듯 말하는 센티스 백작. 병사들이 하나둘씩 도끼를 들어 포로들 뒤에 섰다.

"시작하라."

센티스 백작의 말과 함께 학살이 시작되었다. 포로들은 아무것도 해 보지 못한 채 목이 떨어져 나갔다. 발렌이 그 광경을 바라보다 시선을 돌려 그를 매섭게 노려보았다.

"결국 이게 목적이었어?"

녀석이 사이하게 웃었다. 그 어떤 때보다 추악한 웃음으로 그를 마주 보며 거만하게 양팔을 벌렸다.

"물론이지. 내 아들을 죽인 네놈에게 되갚아 주고 싶었으니까. 지금이라도 그에 대한 사과를 하고 목숨을 구걸하면 살려 줄 수 있다만? 물론 이후 진행될 협상에 대한 요구를 무조건 수용해야겠지만."

"내가? 너한테 왜?"

"끝까지 건방진 놈이로군. 좋아, 목숨을 구걸하지는 않겠다 이거지? 천한 놈 주제에 진짜 귀족이 된 것 같더냐? 이게 현실이다. 네 꿈은 결국 여기까지다. 마지막으로 남길 말은 없는가, 마이셀 백작?"

"유언을 남기라는 거냐?"

"마이셀 백작의 마지막이니 묘비에 네놈의 유언을 새겨

넣어 주도록 하지."

"거절한다. 얼른 죽여."

발렌이 목을 쭉 내밀었다. 더 이상 말이 필요 없다는 듯한 모습에 센티스 백작이 인상을 찌푸렸다.

"이……! 끝까지 건방진 놈!"

따귀를 때렸다. 그러나 발렌의 눈빛은 변하지 않고 그를 계속해서 노려본다. 센티스 백작은 이제 주먹으로 그를 구타하기 시작했다. 아무것도 할 수 없도록 포박당한 발렌은 피를 흘리면서도 그를 끝까지 노려보았다.

병사들도 그 모습을 보고 고개를 돌렸다. 센티스 백작은 자신이 지친 후에야 구타를 멈췄다.

퉁퉁 부어오르고, 피멍이 든 얼굴. 그러나 그의 눈빛은 여전했다. 센티스 백작이 그의 얼굴에 침을 뱉었다.

"독한 놈."

"고작 그런 솜 같은 주먹에 내가 아파할 거 같아? 도서 관장님이 장난으로 때리는 게 더 아프겠다."

"끝까지 자존심을 지킨 건 인정하마. 그리고 그 때문에 네놈의 명을 재촉하게 된 것도. 이놈의 목을 베고, 시체를 갈기갈기 찢어 짐승들 먹이로 던져 주거라. 네놈은 영지전을 펼치는 도중 전사한 것이다."

병사 한 명이 다가와 도끼를 높이 들어 올렸다. 병사가 도끼를 내려찍자, 발렌의 시야가 어지러워졌다.

센티스 백작의 함정을 극복하여 영지전에서 승리하라.

임무가 머릿속에서 울려 퍼지며 그의 시야가 어둠 속으로 빠져들었다.

Chapter 07

교감

승리를 위해 적을 초조하게 만들어라. 초조해할
수록 적의 지휘관은 어리석은 판단을 할 것이다.
　　　—바올라 제국 초대 황제, 세인브리트 폰 바올라—

＊　　　　＊　　　　＊

"허억!"

시야가 다시금 환해진다. 발렌은 주변을 바라보았다. 그
는 천막을 치고, 작전 회의를 할 막사를 만드는 병사들을
볼 수 있었다. 마덴 자작과 각 참모들이 그를 바라보는 것

이 느껴진다.

"영주님, 무슨 일이십니까? 얼굴이 새파랗게 질리셨는데, 혹 불편한 곳이라도 있으신 겁니까?"

발렌은 마덴 자작의 대답 대신 질문을 던졌다.

"마덴 자작, 이곳이 어디죠?"

"알레하그라 평원입니다만?"

"우리의 위치는 어딥니까? 지도, 지도를 주세요!"

발렌이 다급히 지도를 달라고 하자, 참모가 급히 지도를 꺼냈다. 참모는 지도를 펴 현재 위치에 말을 올려두었다. 하세브 강 건너에 위치해 있다. 이미 강을 건넌 상황이었다.

'하필이면 리셋이 되어도 이런 때…….'

발렌은 입술을 깨물었다. 며칠도 아니고, 몇 시간 전으로 되돌아온 것이다. 퇴각하기에는 늦었다. 적들은 사방에서 일제히 몰려와 옥죄어 들어올 것이다.

"하아."

"왜 그러십니까?"

방금 전과 달리 한숨을 내쉬는 그를 보며 마덴 자작이 의문을 표했다. 그러나 발렌은 강을 건넌 후에 무슨 일이 벌어지는지 알고 있다. 사방에서 옥죄어 들어오는 그들의 공격에 맥없이 당하는 병사들의 모습을 방금 전에 목격했다.

그런 참상이 벌어지지 않도록 해야 했다.

"마덴 자작, 우린 함정에 빠졌습니다."

"예? 그게 무슨 말씀이십니까?"

"적들이 사방에서 옥죄어 올 겁니다. 우리에게 모습을 보이지 않고 공성 무기를 버리면서까지 빠르게 이동한 건 우리가 보이지 않을 때 우회하여 공격하기 위함입니다."

공성 무기를 버리고 일부러 전투를 포기했다고 생각하게끔 만든 후, 자신들을 추격하도록 유도한 것이 분명했다. 고지에서 전투는 절대 불리하니 평지로 유인한 것이다. 벨루나 자작의 말이 맞았다. 센티스 백작은 한 수 앞을 보는 자였고, 방심해서도 안 될 자였다.

"정찰병들의 보고에 의하면 적들은 팔란 성으로 후퇴하고 있다고……."

저번에 그 보고를 들었기에 발렌도 알고 있다. 그러나 그것은 거짓 정보였었다.

"그 정찰병들이 돌아왔나요?"

"예. 돌아와서 보고를 하였습니다. 그들은 쉬게 하고, 다른 정찰병을 보냈습니다."

상황을 보자면 지금 돌아와서 쉬고 있는 정찰병들은 첩자일 가능성이 있었다. 센티스 백작은 틀린 정보를 믿었다고 말했었다. 일부러 이쪽에 거짓 정보를 흘렸다는 뜻이었던 것이다.

"지금 막 돌아와서 보고한 자들을 잡아서 조사해 주세요."

철저하게 조사해서 다 털어놓게 할 생각이었다. 그들이 정말 첩자라면 이것 외에도 더 많은 수들이 존재할 수 있다는 것이니까. 그들에게서 최대한 센티스 백작이 노리는 게 뭔지 알아낼 생각이다.

"함정이 사실이라면 지금 당장에라도 돌아가는 게 좋지 않겠습니까?"

발렌은 고개를 저었다.

"우리들이 함정이란 걸 알아채고 급히 돌아가면 즉시 추격할 거예요. 그렇다면 우린 강에서 발이 묶이겠죠. 게다가 우리의 길목을 막아설 기병대가 강 쪽에 있을 겁니다."

강 너머에 있던 기병대들은 함정임을 눈치채서 퇴각하는 자신들을 막아서며 시간을 벌기 위해 배치된 이들일 것이다. 그들이 진즉에 뒤에 있을 것이라 예측했다.

"정찰병을 후미에도 보냈나요?"

"보내지 않았습니다."

앞을 확인하기 위해 정찰병을 보내지, 후미를 확인하기 위해 정찰병을 보내는 경우는 드물다고 볼 수 있었다. 센티스 백작은 이를 노린 것이다.

"그렇다면 지금 당장 보내도록 하세요. 지금 당장!"

"알겠습니다."

참모 중 한 명이 재빨리 밖으로 나갔다. 발렌은 여전히 얼굴이 파랗게 질린 상태고, 표정도 어두웠다. 마덴 자작이 그를 바라보며 조심스럽게 입을 열었다.

"만약 영주님께서 하신 말씀이 사실이라면…… 전멸을 당할 겁니다."

"예. 몰살당할 겁니다. 한 명도 남김없이요."

마덴 자작이 발렌을 지키고자 목숨을 걸고 싸웠지만, 결국 발렌도 살아남지 못했다. 단 한 명의 포로도 잡지 않고 학살극을 벌인 센티스 백작. 발렌은 포로에 대한 예우를 보이지 않는 센티스 백작을 혐오하는 지경에 이르렀다.

"전대 황제 폐하께서 영주님이 갑자기 뭔가를 알아내는 것이 신기하다고 했는데, 이번에도 그런 것입니까?"

마덴 자작은 자세한 것을 묻지 않은 채 대답을 기다렸다. 발렌은 말없이 고개를 주억였다.

"우리가 가지고 있는 모든 물품으로 임시 방벽을 쌓아야 돼요. 최대한 적들에게 대항해야 합니다. 현재 우리가 가지고 있는 나무는 얼마나 되죠?"

"벨루나 자작이 만류한 것이 걸려 임시 목책을 건설할 수 있도록 나무를 많이 챙겨 뒀습니다. 부족하다면 노획한 공성 무기들을 분해해 대신하면 될 것 같습니다."

"목책을 쌓는다면 얼마나 걸리죠?"

"적어도 이틀은 걸립니다."

"시간이 너무도 없어요. 목책을 대신할 것을 생각해 주세요."

"그럼 목벽을 쌓는 것은 어떻습니까? 목벽은 몇 시간 안으로 충분히 만들 수 있을 겁니다."

"그렇게 하도록 하세요. 최대한 견고하게, 적들의 이동이 제한되고, 우리가 최대한 지형을 살리면서 싸울 수 있게요."

"예, 영주님."

"그리고 실린건과 실린더의 정비를 확실하게 하고, 빗물이 들어가지 않게 하라고 하세요. 빗물이 들어가면 제 위력을 다하지 못할 테니까요. 실린더병들에게 전류석을 장전해 놓으라고 지시해 주세요."

"알겠습니다."

갑자기 진두지휘를 하기 시작하는 발렌을 보면서 마덴 자작은 그가 뭔가를 깨달았구나 생각했다. 그것이 뭔지는 모르지만, 그 모습은 방금 전과 판이하게 다른 모습이었다.

"마덴 자작."

"예, 영주님."

"진심 어린 충성을 보여 주셔서 감사드려요. 하지만 저와 약속해 주세요. 목숨을 버려 가면서 싸우지는 말아 주세요. 살아도 같이 살고, 죽어도 같이 죽는 거예요."

"예?"

마덴 자작은 뜬금없는 그의 말에 의문이 가득한 얼굴을 했다. 발렌이 대답을 기다리는 듯 가만히 그를 바라보았다. 마덴 자작이 고개를 숙였다. 자신에게 무한한 신뢰를 가진다는 것은 신하로서 감복할 만한 일이지만, 그의 표정은 비장함으로 가득했기 때문이다.

'무엇이 갑자기 영주님을 이리 만든 거지?'

이유는 모른다. 하지만 그가 한 명의 영주로서 적극적으로 나서는 것은 좋은 일이다. 현 상황에서 그를 보좌하는 것은 마덴 자작이고 말이다. 그는 맡겨 달라는 듯 가슴을 치며 말했다.

"예, 영주님의 뜻대로 하겠습니다."

발렌이 만족한 대답이라는 듯 고개를 주억였다. 발렌은 주머니에 손을 찔러 보았다. 긴 나무 막대기가 잡혔다. 보나바르의 완드였다. 발렌이 완드를 뚫어지도록 바라보았다.

'이게 에고 아이템이라고?'

귀속이 되어 있는 것은 알았지만, 자세한 것은 몰랐다.

효과로는 리치의 저주도 풀 수 있다는 것뿐. 그 외에는 일반 완드처럼 마나를 증폭시켜 주거나 마나 배열을 원활히 해 주는 용도로만 생각했다. 보나바르가 준 완드이니 보통의 것이 아니라고 생각하기는 했지만, 아무래도 발렌이 생각하는 그 이상의 것이었던 모양이다.

'그래도 세계 역사상 최고 마법사가 남긴 유산인데 평범할 리가 없지.'

제대로 알아볼 생각도 없었고, 그 방도도 몰랐던 발렌. 그러나 센티스 백작이 엄청 탐냈던 것을 보면 역시 보통의 완드는 아니란 생각이 들었다.

'이것이 어떤 용도로 쓰이는지 알아낼 방법이 있을까?'

발렌은 어떻게 해야 될지 깊이 고민하다가 주변을 지나는 기사를 발견했다. 발렌이 기사를 불러 세웠다.

"저기요. 잠깐 와 보시겠어요?"

발렌이 불러 세우자, 기사가 화들짝 놀라며 빠르게 다가와 예를 취했다.

"영주님. 무슨 일이십니까?"

"혹시 아티팩트를 한눈에 알아볼 수 있는 방법을 아시나요?"

"영주님께서 판별하시면 되지 않습니까?"

아주 쉽게 말하는 기사. 발렌이 의아한 듯 바라보자, 기사가 도리어 더 의아한 듯 바라본다.

"마법사들이 아티팩트를 판별하는 걸로 알고 있습니다만."

발렌은 마법에 대해 어느 정도 알고 있다고 생각했지만, 부족한 것이 꽤 된다는 걸 알 수 있었다. 탑주가 아티팩트의 효과를 판별하는 방법을 알려 준 적은 없었으니까.

"마법사인 제가 기사에게 물어보는 것도 웃긴 일이지만, 어떻게 하는지 혹시 아시나요?"

"아티팩트를 판별하는 전문 마법이 있다고 알고 있습니다. 모르시면 아티팩트에 흘려보내 탐색하는 방법이 가장 쉽다고 들었습니다. 완전히 알아내기는 힘드나, 대체로 어떤 효과가 있는지 알아낼 수 있다고 합니다."

이비 스톤의 구조를 알아냈을 때처럼 하면 된다는 소리였다. 이비 스톤에 대해 알아냈을 때는 별 생각하지 않았지만, 아티팩트를 판별하는 것도 이와 똑같이 한다는 소리였다. 지금까지 판별할 수 있었으면서 하지 않았다는 것에 피식 웃음이 새어 나왔다. 자신도 참 멍청하다는 생각이 들었다.

"고마워요."

"아닙니다, 영주님. 도움이 되었다니 영광입니다."

기사가 마지막까지 예를 표하고 돌아갔다. 발렌이 완드

를 바라보았다.

'어디 한번 확인해 볼까.'

보나바르가 어떤 것을 만들어 냈을지 확인하기로 한 발렌. 그가 천천히 마나를 흘리며 내부를 탐색하자 완드에서 이상한 움직임이 생겼다.

'뭐지? 내 마나를 점차 감싸 안는 것 같은데……'

부드럽게 감싸 안는 마나. 공격적이지 않고 우호적으로 다가오는 느낌이다. 발렌은 가만히 놔두어 보았다. 완드의 마나가 점차 그의 마나와 뒤섞여 실처럼 연결이 되었다.

『드디어 나와 교감할 생각이 든 것이더냐?』

흠칫! 발렌이 화들짝 놀라며 주위를 둘러보았다. 할아버지의 목소리가 발렌의 머릿속에 울려 퍼진 것이다. 그러나 그의 주위에 나이 든 자는 없었다.

『손에 날 들고 있으면서 뭘 그리 둘러보고 있느냐. 허허허, 지금 날 찾는 게냐?』

그가 멍한 표정으로 완드를 바라보았다.

*   *   *

센티스 백작령의 진영. 병력들에게 휴식을 취하게 하고, 보고를 받던 센티스 백작은 정찰병에게서 알 수 없는 소리를 들었다.

"영주님, 마이셀 백작이 언덕에서 나무로 벽을 짓고 있습니다."

"그게 무슨 소리더냐?"

그들이 언덕에 서서 벽을 짓고 있다니? 분명 잘만 뒤따라오던 그들이 갑자기 언덕 위에서 목벽을 짓고 있는 것이 이해가 되지 않았다.

"함정인 것을 눈치챈 것인가?"

센티스 백작은 발렌의 의도를 전혀 모르겠다는 표정이었다. 함정인 것을 눈치챘다면 그 즉시 퇴각하는 게 당연한 판단이다. 하지만 그는 그렇게 판단하지 않고 오히려 그 자리에 멈춰 서 있지 않은가.

'대체 무슨 생각인 거지?'

퇴각을 하는 것이었다면 오히려 그들은 더 위험해졌을 것이다. 퇴각을 한다는 소식을 듣기 무섭게 말머리를 다시 반대로 돌려 그들을 공격할 생각이었으니까. 센티스 백작은 그들이 함정임을 눈치챘을 것을 대비해 강을 건너지 못하도록 이미 기병들을 우회시켜 놓았다.

'마치 내 계책을 다 꿰뚫은 듯한 반응인데…….'

그러나 변하는 것은 없었다. 어쨌든 그들은 고립되었다. 이곳은 마이셀 백작령이 아닌, 센티스 백작령. 즉, 자신의 영지이다. 그를 구할 수 있는 자는 아무도 없다는 얘기이다. 또한 그들을 포위하기만 하면 보급을 지속적으로 받기도 불가능하다.

'하지만 문제는 그들의 신무기인데……'

포위를 한다고 해도 가장 큰 문제가 바로 그것이다. 그들의 압도적인 사정거리는 결코 무시할 것이 못 됐다. 일반적이었다면 그들 주위를 완전히 포위해도 될 병력이지만, 실린더의 사정거리 때문에 완전히 몰아세우듯 하지 못한다는 것이다. 가까이 가면 신무기의 공격을 받게 될 테니 말이다.

'어쨌든 그들은 달아나지 못한다는 뜻이다.'

그 정도면 충분하다. 그들이 고립되어 있는 동안 어떻게 하지 못한다. 고립된 상태로 끝까지 항전하겠다는 뜻인 듯하나, 얼마나 버틸 수 있을까.

"말을 돌려라. 그들을 포위해 마이셀 백작의 항복을 받아 낼 수 있도록 하겠다."

센티스 백작의 명령이 모든 병사들에게 하달되었다.

* * *

발렌은 자신에게 들려온 목소리가 완드 속에 봉인된 영

혼이라는 것을 짐작할 수 있었다.

"누구시죠?"

『허허허, 정말 오랫동안 잤군. 깨어나지 않기를 바랐는데, 결국 깨어나 버렸구나.』

발렌이 누구냐고 물어도, 완드는 다른 소리를 하고 있었다.

"저기요?"

『흠, 참 익숙한 풍경이로구나. 여기는 전쟁터인가?』

"대답 좀 해 주세요."

『전란은 이제 지겨운데 말이지.』

대화가 되지 않았다. 발렌은 앓는 소리를 내며 한숨을 내쉬었다. 그러자 완드가 대답했다.

『왜 그리 혼자 답답해하고 있느냐? 아, 혹시 나와 대화하는 법을 모르는 것이더냐? 나와 대화하고 싶다면 직접 입으로 하는 게 아니라 생각으로 하거라. 내게 말을 건다 생각하고 속으로 말하면 나와 대화할 수 있느니라.』

완드의 말대로 발렌이 말을 건다 생각하며 속으로 말했다.

'들리시나요?'

『그래, 잘 들리는구나.』

드디어 대화를 할 수 있다는 것에 발렌의 표정이 환해졌다. 발렌이 일단 그에게 물어볼 것이 많았지만, 질문을 먼저 한 것은 완드였다.

『지금 시기가 어떻게 되느냐?』

'날짜요? 날짜는 잘 모르지만 8월쯤 되었는데요?'

『내가 말한 시기는 월이 아니라 년도를 말하는 거란다.』

'4135년인데요?'

『4135년? 허허허! 천 년이라. 나는 천 년이나 잠자고 있었구나.』

'천 년 전 인물이라고요?'

『그래. 난 바올라 왕국 건국 당시의 사람이란다. 천 년이나 바올라 왕국이 유지되고 있었다니. 상상도 못한 일이구나.』

천 년 전 인물이라면 바올라 왕국이 건국되었을 당시의 사람이라고 짐작할 수 있었다. 바올라 왕국이 바올라 제국이라고 불린 것은 건국 후 30년이 조금 지나서니까. 지금처럼 대륙 최강국이 된 것은 250년 후이다.

'지금은 바올라 왕국이 아니라 바올라 제국이에요. 아이벤 대륙 최강국이죠.'

『그거 대단하구나! 트라비키아 녀석들. 그렇게 폭정을 일삼더니 결국 무너진 모양이구나.』

그는 상당히 들떠 있는 것 같았다. 하기야, 이제 막 건국

되었을 때는 트라비키아 통일 제국에 맞설 궁리만 해야 할 때였다. 폭정 때문에 이곳저곳에서 반란이 일어나 여러 나라가 탄생했다지만, 그래도 그 힘은 어디 가지 않았으니 말이다.

'그러고 보니 에고 아이템은 사람의 영혼이 자유 의지로 물건 안에 들어가는 것이라고 들었어요. 그렇다는 건 보나바르와 아는 사이라는 건데, 당신은 누구시죠?'

『보나바르…… 정말 그리운 이름이로구나. 하지만 그건 중요하지 않단다, 얘야.』

'중요하지 않기는요. 얼마나 중요한데요. 영혼뿐이지만, 그래도 살아 있는 역사서나 다름없는데, 역사에 기록되지 않은 얘기를 들을 수 있잖아요.'

『궁금증이 많은 녀석이로구나. 한 가지 귀띔을 주자면 보나바르와 난 상당히 친했단다.』

'보나바르와 친했던 사람이 한둘이어야 말이죠.'

역사에는 보나바르가 대다수의 귀족과 친했다고 기록되어 있다. 그 대다수의 귀족들이 바올라 왕국이 건국된 당시 공신들이란 게 문제다. 건국 때 공을 세운 공신이 한두 명도 아니기에 추정하기도 어렵다.

'그럼 제가 부를 수 있게 이름이라도 알려 주세요.'

『이름? 내 이름은…… 어이쿠, 큰일 날 뻔했군. 이 영악한 녀석. 꼼수를 부리는구나. 자연스럽게 내 이름을 알아내서 정체를 알아내려고? 어림없단다.』

뜨끔한 표정을 짓는 발렌. 그가 어색하게 웃었다.

『흠…… 그렇다면 날 리티라고 부르거라. 그게 내 애칭이니까.』

'전혀 목소리와 안 맞는 애칭인데요?'

할아버지 같은 목소리의 주인에게 여성에게 쓸 것 같은 애칭은 전혀 어울리지 않았다. 리티는 허허 웃었다.

『젊었을 적, 내 친구들이 날 그렇게 불렀었지. 나도 이런 귀여운 이름을 애칭으로 붙인 게 마음에 안 들었지만 어느새 애칭으로 불리지 못하게 되었을 때는 섭섭하기도 했단다.』

목소리가 상당히 힘없어 보였다. 많은 일이 있었다는 것을 눈치채고 발렌은 그에 대해서 더 이상 묻지 않기로 했다.

『그래서, 지금 네가 날 들고 있는 것을 보면 망국이 가까워졌다는 소리로구나.』

'예.'

『현재 어느 나라와 전쟁 중인 게냐? 혹시 스렌더스 왕국이더냐?』

스렌더스 왕국은 존재하지 않는 나라였다. 현재 바올라

제국의 서쪽 영지가 과거 스렌더스 왕국이었는데, 바올라 왕국과 사이가 매우 좋지 않았다. 트라비키아 통일 제국에 맞서 싸운다는 것 때문에 동맹을 맺었지만, 트라비키아 통일 제국이 멸망하고 나서 두 나라는 오랜 전쟁을 벌이기도 했다. 결과적으로 바올라 왕국이 승리해서 제국이라 불리게 되었고 말이다.

'스렌더스 왕국은 멸망하고 바올라 제국의 영토가 되었어요.'

『오호라. 꼴좋구나. 스렌더스 그 자식, 얌생이처럼 굴더니 결국 우리 발아래에 무릎을 꿇었구나! 그래서, 어떤 나라와 전쟁 중이더냐?』

리티가 통쾌하다는 소리를 내었다. 발렌이 어색하게 웃으며 대답해 주었다.

'타국과 전쟁이 일어난 게 아니라, 영지전 중이에요.'

『……영지전?』

'예, 제 가문하고 센티스 백작하고 영지전을 치르는 중이에요.'

『허허…….』

리티는 허무한 목소리로 웃었다. 타국과의 전쟁인 줄 알고 잔뜩 기합을 줬더니 영지전이란다.

『영지전 도중에 나와 교감을 하다니. 이거 참 실망감이 크구나. 알지도 못할 가문들끼리 치고 박고 싸우다니. 천 년 전이나 천 년 후나 귀족들의 자존심 싸움은 똑같구나.』

'제가 원해서 싸우는 것은 아니지만요.'

발렌도 원해서 일어난 영지전이 아니다. 센티스 백작이 도발만 하지 않았더라면 이렇게 큰일이 되지도 않았을 것이다.

『그래서, 나를 발견하고 한참 지났으면서 갑자기 나와 교감한 이유는 무엇이더냐?』

'자고 있었다면서 그건 어떻게 아셨어요?'

『네게 귀속될 때부터 의식이 있었다. 다만 네가 교감을 하지 않아서 지금까지 말도 못하고 가만히 있어야 하는 신세가 되었지. 말로 표현하기 어려운데…… 자고 있는 상태지만 의식이 있는 상태라고 해야 되나? 어쨌든 그러다가 중간에 깨기도 했단다.』

'중간에요?'

『네가 리치가 된 흑마법사의 저주에 걸렸을 때 말이다. 네가 리치에게 영혼이 빨려 가는 걸 느끼고 그 저주를 내가 모두 흡수했지. 제아무리 리셋 마법이라도 언데드화 마법에는 소멸해 버리니까.』

'아아……..'

발렌은 그제야 자신이 저주에 걸리지 않은 이유를 알 수 있었다. 그 저주가 모두 리티가 해결해 준 것이었다. 그러다가 문득 깜짝 놀라며 물었다.

'잠깐, 리셋 마법에 대해서 알고 계셨어요?'

『네가 얼마나 고통을 받는지도 잘 안다. 보나바르가 훗날 망국이 가까워졌을 때 이 나라를 지킬 마법을 완성했고, 이를 내가 지킬 수 있도록 조언해 달라고 해서 그가 승낙했지. 하지만 설마 이런 악독한 마법일 줄은 몰랐다. 난 지난 일은 자세히 모르지만 네 기억을 희미하게 일부 들여다보면서 알 수 있었단다. 지금까지…… 정말 엄청난 일을 겪었구나. 네가 보나바르의 마법서만 발견하지 않았더라면, 읽지 않았더라면 이렇게 고난에 시달리지 않았을 텐데 말이다. 어떻게 모든 일을 너에게 끌어당기게 하는 마법까지 걸 수 있는 건지..』

"……."

발렌이 침묵했다. 지금까지 추측이었지만, 자신이 지금까지 모든 사건의 중심에 있게 된 것은 보나바르의 저주 때문이라고 리티가 말해 주었기 때문이다. 발렌이 으득 이를 깨물었다. 보나바르의 마법서를 발견하지 않았더라면, 하다못해 펼치지만 않았더라도 이런 고통을 받지 않아도 되었다는 소리가 아니던가.

『……。』

발렌의 분노를 느낀 걸까? 말 많던 리티가 갑자기 조용해졌다. 그러더니 조심스럽게 말했다.

『내가 대신 사과하마. 아마 녀석도 나쁜 뜻이 있었던 것은…….』

발렌이 그가 하던 말을 끊으며 고개를 저었다.

'괜찮아요. 이 저주로 인해 얻은 것이 많으니까요.'

『그러니?』

'그렇다 해도 보나바르를 용서할 수는 없지만요. 그래도 언젠가 용서할 날이 올 지도 모르죠. 제가 그를 용서해 주길 원하신다면 대신 리티 할아버지가 이 완드의 효과를 알려 주시고, 제가 영지전에서 승리할 수 있도록 참모처럼 조언을 좀 해 주세요.'

『……이걸 노렸던 거구나. 완드에 대한 것은 어차피 알려 줄 거였다만, 영지전에 나까지 이용해 먹으려고 하다니. 천 년 전이었으면 내 앞에서 말도 못했을 놈이. 에잉, 알았다. 영지전이라는 게 그렇기는 하다만, 내가 할 수 있는 거라면 도와주도록 하마. 이래봬도 전쟁에서 뛰어난 지휘관이라고 적군에게서 호평을 들은 사람이었으니까.』

발렌은 만족스럽다는 듯 웃었다. 우수한 참모를 얻은 것 같은 기분이었다.

리티는 마음에 들어 하지 않는 듯하지만, 어찌 되었든 발렌을 도와야 하는 입장이니 최대한 돕기로 했다.

"영주님."

마덴 자작이었다. 병사들과 기사들을 독려하던 그가 다시 돌아온 것이다. 그러나 다시 돌아온 그의 표정은 좋지 않아 보였다.

"예, 마덴 자작. 무슨 일이시죠?"

"정찰병을 조사해 보라는 명령을 내리시지 않으셨습니까. 영주님의 말씀처럼 정말 센티스 백작이 심은 첩자였습니다."

"역시……."

마덴 자작이 계속 보고했다. 발렌의 명령으로 정찰병들을 잡아 조사를 해 보니 그들 중 대부분이 센티스 백작이 오래전부터 심어 두었던 첩자라는 것을 알 수 있게 되었다. 그들 대부분은 센티스 백작령에 있는 마을의 영지민이었고, 일부이긴 하지만 마이셀 백작가의 영지민도 있었다. 센티스 백작이 마이셀 백작령이 부활하기 전부터 그들을 매수했다는 것이다.

그 얘기를 처음 들었던 마덴 자작은 기가 막힌 표정을 지울 수 없었다. 미리 첩자를 심었다는 것은 언제든 자신들이 적대해도 이를 대비해 손을 쓸 수 있도록 미리 대처했다는 것이 아니던가. 센티스 백작이 그 누구도 믿지 않는다는 것은 알고 있었지만, 부하로 있을 때의 자신들도 믿지 않았었던 것은 몰랐기에 기가 찰 수밖에 없었다.

"그들을 어떻게 하시겠습니까?"

"음……."

발렌이 고민했다. 포로수용소로 이동시킬 수 있는 상황도 아니니 방법은 즉시 처형시키는 것 외에는 없어 보였다.

『그들을 회유하는 건 어떻더냐?』

'예?'

리티의 말에 발렌이 의아한 표정을 지었다. 리티가 설명했다.

『전쟁이란 원래 큰 그림을 그려야 되는 법이다. 적의 첩자를 이용해 먹자는 게다. 그 센티스 백작이라는 자에게 크게 한 방 먹일 수 있도록 말이다.』

'그거 괜찮은데요?'

발렌은 마음에 든다는 표정이었다.

"그들을 회유하죠."

"예?"

"센티스 백작가에게 우리의 정보를 건네주고 있잖아요. 지금처럼 계속 정보를 보내게 하세요. 우리에게 유리하게 전쟁을 끝낼 수 있도록 유도하면서요. 그러다가 거짓 정보를 주면 한 번쯤 센티스 백작도 속아 넘어가지 않겠어요?"

좋은 생각 같지만, 마덴 자작은 그것만으로 내키지 않는 듯이 보였다.

"하지만 그들을 처벌하지 않는 것도 이상한 일이죠. 대신 조건을 달도록 하죠. 만약 그들이 전투에서 활약을 한다면 용서해 주고, 지금처럼 아무 불이익을 주지 않고 병사로 받아 주겠다고 약조하는 겁니다."

"굳이 그렇게까지 해야 할 필요가 있습니까?"

"제 뜻에 따라 주세요, 마덴 자작."

"알겠습니다, 영주님."

자신의 뜻과는 조금 동떨어진 것 같지만, 발렌의 말이니 마덴 자작도 이에 대한 것은 더 이상 말하지 않기로 했다. 발렌은 그에게 물었다.

"현재 목벽의 건설 상태는 어떻죠?"

"거의 완성되었습니다. 확인해 보시겠습니까?"

발렌이 고개를 주억였다. 마덴 자작이 안내해 주었다. 아직 완성되지 않은 곳은 땅에 말뚝을 박듯 두꺼운 나무를 박고 있었다. 동서남북 모든 방향에는 입구로 쓰는 틈이 있었다. 그리고 그 입구에는 함정이 곳곳에 깔려 있었다. 센티스 백작의 병사들이 이곳을 뚫으려면 함정을 모두 뚫고 와야 할 것이다. 나무의 숫자가 부족해 문을 달지 못한다는 것이 좀 아쉬웠다.

그래도 그들을 안전하게 지켜 줄 임시 성벽이나 다름이 없었다. 다른 점이라면 그저 벽처럼 세워 놓았기에 공성전처럼 활용하지 못한다는 것이다.

"한데 영주님. 영주님께서 명령하신 사항 말입니다."

"예."

"무슨 용도인지 몰라서 그러는데, 알려 주실 수 있으신지요?"

발렌이 작게 미소를 지었다. 발렌은 따로 다른 명령도 내렸기 때문이다. 일반 목벽과 달리 사이사이 약간의 틈을 만들거나 작은 구멍을 뚫었기 때문이다. 발렌의 명령으로 일단 만들어 놓기는 했는데, 왜 굳이 틈을 만드는 것인지 이해하지 못하는 표정이다.

"실린더병과 실린건병들을 집합시키도록 하세요. 설명해야 될 때가 되었네요."

"예, 영주님."

마덴 자작이 병사들을 집합시켰다. 발렌은 실린건 병사들을 모두 집합시켜 이를 설명했다.

"언덕에 있다는 것과 벽을 짓고 농성하고 있는 것을 최대한 살려야 합니다. 이 작은 틈은 이 사이로 충분히 공격할 수 있도록 만든 겁니다. 이 틈으로 실린건을 내놓고 사격을 가하세요. 적들이 공격해 올 때 화살과 기병, 보병들의 공격에서 지켜 줄 겁니다."

발렌의 생각에 모두가 감탄을 했다. 최대한 방어와 반격을 할 수 있도록 제작한 것이나 다름이 없는 것이다. 직사로 나가는 실린건 특성상 이런 곳에서는 활약하지 못한다. 그러나 그는 실린건을 활용할 수 있도록 최대한 지혜를 쥐어짜 냈다. 이바나가 말해 준 아루스가 생각해 두었던 전법 중 하나를 응용한 것이다. 그렇게 설명을 계속하니 병사 중 한 명이 다가왔다. 발렌이 시선을 그에게 향하자 병사가 보고했다.

"영주님, 목벽 건설을 완료하였습니다."

발렌은 고개를 주억였다.

"우리의 공성 무기는 얼마나 남았죠?"

"한 대뿐입니다."

공성 무기는 해체하여 벽으로 만드느라 한 대밖에 남지 않게 되었다. 그나마 위안인 사실은 센티스 백작가가 퇴각을 하면서 공성 무기를 모두 버리고 간 덕분에 하나도 없다는 것이다. 그의 영지에서 공성 무기를 다시 보내면 또 모르지만, 당분간 염려 없다는 뜻이다.

"한 대만 있다고 하더라도 다행이네요. 공성 무기를 관리해 주세요. 비가 내릴 테니 공성 무기가 썩지 않도록 미리 조치를 취해 두세요. 참, 그리고 실린더병과 실린건병들도 마찬가지예요. 무기 관리를 철저히 하도록 하세요. 총열 안으로 물이 들어가면 오작동을 일으키고, 위력이 크게 반감되니까요."

"예, 영주님!"

병사들이 우렁차게 대답한다. 발렌은 그들의 대답에 만족스럽게 고개를 주억였다.

"영주님, 멀리 적들이 보입니다."

발렌이 망루 위로 올라가 보았다. 병사의 말대로 멀리 센티스 백작의 병사들이 다시 말머리를 돌려 이곳으로 온 것이다.

'리셋이 되기 전에는 새벽에 기습을 감행했으면서, 지금 이렇게 당당히 모습을 보이는 건 나를 압박하기 위함인가?'

발렌이 이곳에서 농성을 준비하고 있다는 보고를 듣고 바로 온 모양이었다. 자신의 예상과 달리 그가 농성 준비를 하고 있으니 작전을 변경한 것이다. 그러나 발렌은 그들을 보고도 전혀 기죽지 않았다.

"마덴 자작, 모두 전투준비를 서두르라고 전하세요."

"예, 영주님."

그의 명령이 하달되기 무섭게 병사들이 일제히 자신의 위치로 이동했다. 그리고 약 30분 후, 전열을 갖춘 센티스 백작의 병사들이 진군해 오기 시작했다. 공격을 알리는 북소리가 요란하게 울려 퍼졌다. 북소리가 울려 퍼지자, 대기하고 있던 발렌의 병사들이 무기를 꽉 쥐었다.

망루 위에서 그들을 지켜보고 있던 발렌과 마덴 자작. 발렌은 그들의 진형을 보고 인상을 찌푸렸다.

"아무래도 실린더에 대비해서 산개를 하는 것 같네요."

실린더는 뭉쳐 있는 적에게 큰 효과를 주는 무기이지, 산개한 병사들에게 이렇다 할 피해를 입히기는 힘든 무기이다. 피해를 최소화하기 위해 센티스 백작이 산개하면서 진군하라고 명령을 내린 것 같았다.

"어떻게 합니까? 그래도 실린더를 발사합니까?"

"우리가 고립되어 있는 동안은 이비 스톤을 최대한 아껴가면서 사용해야 해요."

이비 스톤을 꾸준히 보급 받는다면 모를까, 지금처럼 고립된 상황에서는 아껴 써야 한다. 수적인 불리함을 이겨 내기 위해서는 이비 스톤이 반드시 필요하니까.

"창병들 사이에 일부만 실린건병을 배치하도록 하세요. 그들을 제외하고 나머지는 제 명령이 떨어지면 그때 사용하도록 하세요."

"예, 알겠습니다."

마덴 자작이 그를 가만히 바라보았다. 지휘를 할 줄 모른다며 뒤로 빼던 그가 갑자기 적극적으로 나서기 시작했다. 그의 눈빛이 이글이글 불타오르고 있었다. 발렌이 무슨 생각을 하고 있는 것인지 모르지만, 생각하는 바가 있다고 짐작만 할 뿐이다.

"영주님, 적들이 사정거리 내로 진입했습니다."

"트레뷰셋을 쏘세요!"

단 한 대 밖에 없는 트레뷰셋이 돌멩이를 적들에게 날렸다. 그러나 적군들에게 큰 피해를 주지 못했다. 그들은 계속해서 진군했다.

"영주님, 2차 사정거리에 들어왔습니다."

"화살을 쏘세요!"

발렌의 명령과 함께 궁병들이 일제히 화살을 발사했다. 하늘 위로 솟구치는 화살이 적들에게 떨어졌다. 적들도 가만히 있지 않았다. 그들도 화살을 날려 응수했다. 더 많은 양의 화살이 진영 한가운데로 떨어졌다. 눈 먼 화살이 계속해서 떨어졌다.

화살은 진영 한가운데로 떨어지기도 했지만, 입구를 방어하는 병사들에게도 떨어졌다. 입구를 뚫기 위해 화살을 계속 날리는 것이다. 그러나 큰 효과는 주지 못하고 있었다. 전신 방패가 그들을 안전하게 지켜 주고 있었다.

적의 궁병이 공격을 멈추었을 때는, 적군의 보병들이 근접했을 때였다. 방패병들이 가장 앞서서 방패로 공격을 막아 내면서도 뒤에 있던 장창병들은 꾸준히 적들을 견제했다. 작은 입구를 뚫기 위해 병사들이 우르르 몰려오고 있으나, 창병들 틈에 숨어 있는 실린더병이 꾸준히 적들을 향해 발사했다. 적들이 수적인 우위에 있어 아군이 점차 뒤로 밀리는 것이 눈에 보였다. 게다가 목벽 근처에 온 적군이 도끼로 나무를 찍어 넘기려고 하고 있었다. 발렌이 소리쳤다.

"실린건을 쏘세요!"

발렌의 명령과 함께 실린건병들이 나무 틈 사이로 총구를 내밀고 방아쇠를 당겼다.

타타타탕!

메마른 소리가 주위로 울려 퍼졌다. 한 발을 쏜 실린건병들은 뒤로 물러나고, 바로 뒤에 대기하고 있던 실린건병이 이어서 나무 틈 사이로 총구를 내밀고 일제사격을 가했다. 벽 가까이 뭉쳐 있던 적군이 연이어 피를 흘리며 쓰러지기 시작했다. 1분이란 장전 시간을 어떻게 해결할 수 있을지 고민하다가 떠올린 것이다.

효과는 대단했다. 목벽의 아주 작은 틈에서 계속 쏘아 대자, 적들이 아비규환의 상태가 되어 버렸다. 대다수가 어디서 공격을 받는 건지 이해하지 못하고 있었다. 선봉에 서서 싸우던 적들도 뒤에서 벌어지는 참상에 점점 공격을 망설이고 있었다.

점점 피해가 누적되자, 몇몇 중대가 뒤로 후퇴하기 시작했다. 그 숫자가 점점 늘어나고, 결국 후퇴 나팔이 울려 퍼졌다. 적들이 다시금 물러났다. 이를 본 마덴 자작이 흥분한 목소리로 말했다.

"영주님, 제가 기사들을 이끌고 가서 후퇴하는 적들을 쓸어버리겠습니다."

"예, 마덴 자작. 그들을 쫓아서 쓸어버리도록 하세요."

발렌의 명령에 마덴 자작이 망루 밑으로 내려가 말에 올라탔다. 말을 탄 채 대기하고 있던 기사와 기병들. 마덴 자작이 그들을 이끌며 소리쳤다.

"공격하라! 센티스 백작가에게 만여 명의 대군을 막아낸 우리의 저력이 무엇인지 보여 주자!"

기사들과 기병들이 함성을 지르며 말을 이끌었다. 입구에서 버티고 있던 병사들이 좌우로 갈라지며 길을 만들었다.

*　　*　　*

센티스 백작의 진영. 센티스 백작의 참모가 이번 전투에 대한 보고를 했다.

"2,000명 중 200명이 전사하고, 400명이 부상을 입었습니다. 그리고 약 세 명의 병사가 포로로 잡혔다고 합니다. 대부분이 진형을 갖추지 않고 후퇴하다가 당했습니다."

이번 전투로 600여 명의 피해를 입은 센티스 백작. 그는 이번 공격이 실패한 이유가 무엇인지 전혀 알 수 없었다. 처음에는 잘 몰아붙이는 것 같더니, 어느 순간부터 후퇴하는 병력이 보이며 피해가 누적되기 시작했기 때문이다. 그러나 센티스 백작의 표정은 담담하기만 했다. 크게 화낼 것이라 생각했는데, 그는 여유롭게 차를 마시며 보고를 듣고 있었다.

"이번 전투에서 패배한 이유가 무엇이더냐. 분명 그들이 신무기의 효과를 보지 못하도록 하지 않았더냐."

멀리서도 제대로 활용할 수 없도록 산개하면서 진군했다. 거기에 그들은 제한된 공간에서 싸워야 했다. 벽으로 막혀 있다면 직사로만 나간다는 신무기를 제대로 활용하지 못한다는 뜻이다. 그렇다면 두려울 게 없지 않은가. 일부 병사들을 추려 도끼로 목벽을 부순다면 그 틈으로 화살을 날려 적들에게 피해를 입히고 들어갈 수 있다.

"병사들의 말을 들어 보니 저들이 나무에 일부러 구멍을 내어 신무기를 쓸 수 있도록 활용했다 합니다. 그 때문에 목벽을 부수려던 병사들은 물론 그 뒤에 있던 병사들도 고스란히 피해를 입게 되었습니다."

센티스 백작이 기가 막힌 표정을 지었다.

"상당히 영약한 놈이로구나. 그걸 또 어떻게든 써먹고자 그런 생각을 하다니 말이야."

"조사한 바에 따르면 마이셀 백작의 아버지는 나무꾼이자 목수라고 합니다. 아마 그 때문에 이런 생각을 한 것이 아닌가 싶습니다."

센티스 백작은 이번 전투도 정면승부는 소용이 없다는 결론을 내렸다. 가장 좋은 방법은 불화살로 목벽을 불태워 버리는 거지만, 아쉽게도 그건 불가능하다. 오늘이 알레하그라 평원의 우기가 시작되는 날이다. 이 우기는 약 두 달간 지속된다. 빗속에서 불화살을 날려 봤자 제대로 불탈 리 없지 않은가.

"쯧. 결국 시간을 끌어야 하는 것인가. 최대한 빨리 항복문서에 서명하게 만들려고 했더니."

센티스 백작이 담담했던 이유는 바로 이것이었다. 시간만 끌면 자신의 승리였다. 그의 말대로 시간은 그들의 편이 아닌, 자신의 편이었다. 포위를 당하고, 보급로까지 완전히 차단당한 마당에 그들이 뭘 할 수 있을까.

"하세브 강에 있는 기병대는 그들의 보급로를 계속해서 차단하도록 하라. 마이셀 백작이 스스로 백기를 걸고 나올 때까지 공격하지 말고 포위를 유지하라."

굳이 더 이상 피해를 볼 이유는 없다. 게다가 그들은 내전에서 실전을 치른 병력이다. 실전으로 다져진 그들을 훈련만 해 온 자신의 병사들이 이길 수 있을 리 없다. 이런 평원에서도 집요하게 버티려고 하는 그들을 상대할 수 있는 방법은 그들의 전투 의지를 천천히 꺾어 버리는 것뿐이다.

"영주님, 그들이 계속 버티다보면 탈영병이 생길 텐데, 그들은 어떻게 합니까?"

참모는 마이셀 백작가 쪽에서 먼저 탈영병이 생기리라 생각하고 그들을 어떻게 대처할지 물었다. 참모도 이미 승리를 확신하고 있었다.

"탈영병들은 전부 사로잡아 꾸준히 그들 내부의 정보를 얻는다. 저항하면 죽여도 좋다."

"그리하겠습니다."

탈영병조차 어떻게든 활용하려는 센티스 백작. 그만큼 정보의 가치를 중요하게 여기는 센티스 백작다웠다. 센티스 백작이 차를 다 마시며 말했다.

"생각보다 뼈아픈 손실이었지만, 수고했다. 병사들이 휴식을 취할 수 있도록 하되, 경계를 철저히 하라."

"예, 영주님."

"나가 보거라."

승리를 자신한 센티스 백작. 참모가 고개를 숙이며 밖으로 나갔다. 센티스 백작은 가지고 온 짐 속에서 양피지를 꺼내 흐뭇한 미소를 지었다. 그가 꺼낸 양피지는 그가 미리 준비한 항복 문서였다. 마이셀 백작령에 결코 좋을 것 없는 조항으로 가득한 항복 문서. 그가 원하는 모든 조항들이 빼곡하게 적혀 있었다. 언젠가 이 문서에 서명을 할 발렌을 떠올리며 웃었다.

Chapter 08
센티스 백작의 패배

　포로에게는 자비를 보여도, 적들에게는 자비를
보이지 마라. 그들이 훗날을 도모할 생각도 하지
못하도록 철저히 뭉개 놓아라. 그것이 전쟁을 막
고, 적을 대하는 방법이다.

　—메이어 신성 제국 명장, 트로발카 덴 아덴 공
작의 말 中—

*　　*　　*

그렇게 2주의 시간이 지났다. 그동안 센티스 백작가에서는 꾸준히 항복을 하라며 서신을 보내왔지만, 발렌은 끝까지 싸우겠다는 의지를 보였다. 그리고 센티스 백작은 일절 공격도 하지 않고 그들을 계속 고립시키고 있었다.

보급도 오지 못해 이제 염려하던 문제가 생겼다. 식량이 떨어져 가고 있는 것이다. 식량도 이제 일주일치밖에 없었다.

발렌은 고민에 빠졌다.

아직 무기는 많이 남아 있지만 버틸 수 있는 식량이 한정되어 있기 때문이다.

평원 주위로 먹을 만한 것이 없었다. 땅에 자라 있는 풀뿌리라도 뽑아 먹어야 할 판이다.

"이러다가는 말을 잡아먹어야 하는 상황이 올지도 모르겠네요."

"어떻게 하시겠습니까? 희생을 감수하고 퇴각하시겠습니까?"

"불어난 강물 때문에 더 위험할 수 있어요. 어떻게든 강물을 극복한다고 해도 후방에 배치된 기병들의 이목을 속이기는 힘들 거예요."

병력의 한 명 한 명이 소중한 마당에 피해를 입는 것은 발렌도 원치 않았다. 피해를 입고 난 후 실린더와 실린건이 그들의 손으로 들어가는 것도 큰 문제였다. 이 영지전을 승리로 이끌기 위해서는 피해를 최소화하면서 버티는 것 외에는 방법이 없을 것 같았다.

'리티 할아버지.'

『…….』

'리티 할아버지?'

『할아버지, 할아버지. 그놈의 할아버지는 빼면 안 되는 것이더냐?』

'하지만 목소리가 할아버지인 것을요.'

『에잉, 못난 놈. 내가 네 나이 때는 매일 여자가 꼬였는데 말이야.』

'천 년 전 일에 너무 집착하시는 거 아니에요?'

『지금은 육체 없이 완드 안에 영혼이 담겨져서 그렇지, 할아버지 육체 그대로라고 해도 네놈처럼 숙맥인 녀석보다 많이 꼬실 자신 있다. 그래서, 왜 부르는 거냐?』

'조언 좀 해 주세요. 우리가 적들에게 고립되었고, 병력의 수도 적다는 거 알고 계시죠?'

『너랑 교감한 지가 며칠 째인데. 소리는 들리지 않아도, 상황만 보고 짐작했다.』

'식량도 일주일 치밖에 없는 상황이에요. 여기에서 식량을 구하기도 불가능한 상황이고요. 어떻게 하면 좋을 것 같아요?'

『야습을 가해서 적진의 식량 창고에 불을 지르면 되지 않느냐.』

'지금 며칠째 비가 내리는데요? 이곳은 지금 우기래요. 우기가 끝나려면 한 달이나 남았고요.'

이렇게 습한 날씨에 불이 잘 붙을 리 없다. 그러나 리티는 문제될 것 없다는 듯 말했다.

『날씨가 무슨 상관이더냐.』

'무슨 방도가 있나요?'

『보나바르처럼 헬파이어로 불을 붙이면 된단다. 날씨에 상관없이 불이 잘 타오르더구나.』

'역사상 최고의 마법사인 보나바르와 저를 비교하시면……'

『그것도 못해? 하기야, 너의 경지로는 어림도 없어 보이긴 하구나.』

'……저 놀리는 거죠?'

『네가 먼저 날 할아버지라고 놀리지 않았느냐.』

그걸 마음에 담아 두고 바로 되갚아 주다니. 발렌은 한숨을 내쉬었다.

'알았어요. 할아버지라 안 부를 테니까 조언 좀 해 주세요.'

『그래. 하지만 불을 놓으라는 건 사실이다. 굳이 헬파이

어까지는 아니더라도 불만 놓으면 될 게다. 그렇게만 해도 식량은 비에 젖지 않게 관리하니 불은 금방 타오른단다. 비가 올 때 식량만큼 잘 보관해야 하는 게 어디 있겠느냐. 문제는 금방 진화돼서 완전히 불태울 수 없다는 거지만. 그래도 일부를 못 먹게 만들어도 큰 타격을 줄 수 있지 않겠느냐?』

확실히 그 말도 맞았다. 발렌의 병사들도 식량 창고만큼은 비에 젖지 않도록 일부러 천장을 만들고 비가 새지 않도록 철저히 관리하고 있었다.

『내가 트라비키아 놈들과 싸울 때 너와 똑같은 상황이었는데, 그때 어떻게 해결했는지 말해 주랴?』

'예, 알려 주세요!'

발렌의 두 눈이 번쩍 빛났다. 이처럼 똑같은 상황을 헤쳐 나갔다면 분명 자신에게 큰 도움이 될 것이다.

『식량이 없다면 적들에게서 식량을 훔쳐 오면 된다.』

잔뜩 기대했던 발렌의 표정이 순식간에 기가 찬 표정으로 변했다.

'그게 말이 돼요?'

『말이 안 되긴, 그렇게 해서 정말 버텼으니까 그렇지. 덕분에 적들은 식량이 하루아침에 갑자기 사라져서 무모하게 공격하려다 대패하고 우리가 반격한 일도 있었다.』

'식량을 훔쳐서 적들이 무모하게 공격해 이겼다는 것은 역사책에서 단 한 번도 보지 못했는데요?'

『당연히 기록을 안 남겼겠지. 생각해 봐라. 좀도둑처럼 식량을 훔쳐 오는 게 자랑할 일이더냐? 갑자기 적들이 무모하게 공격했고, 우리는 죽을 각오로 항전해서 이겼다고 기록했겠지.』

'……'

발렌은 침묵했다. 명예롭고 극적인 이야기로 꾸며진 역사 속에는 숨겨진 이야기도 꽤 많았다. 아마 이것도 숨겨진 이야기 중 하나일 것이라며 납득했다.

『분명 적의 지휘관은 이 작전이 성공하면 큰 타격을 입고 심리적으로 불안해질 것이다. 우리가 버틸 수 있는 기간이 늘어난다는 것은, 빨리 끝내고 싶어 하는 녀석들에게는 큰 타격이니까.』

'일종의 심리전이라는 거군요?'

『그래. 우리는 그동안 버티면서 탈출 계획을 세우면 되는 것이니까. 우기가 끝나면 탈출할 수 있는 기회는 얼마든지 있지 않느냐. 우리가 식량까지 확보하면 녀석들은 우기가 끝나기 전에 승부를 보려고 할 게다.』

발렌은 이해했다는 듯 고개를 주억였다.

＊　　　＊　　　＊

마이셀 백작가의 저택.

"이보게, 메튜. 안에 있는가?"

공방에서 한창 일하고 있어야 할 포드가 저택을 찾아왔다. 그 소리를 듣고 저택에서 장작을 패고 있던 메튜가 저택 입구로 나왔다.

"포드, 무슨 일인가? 완전무장까지 하고 말이야."

포드는 자신의 체구에 맞는 방어구를 입고 있었다. 대장장이인 그가 전사처럼 입고 오니 메튜가 의아한 시선을 던질 수밖에 없었다.

"내가 공방에서 생각해 봤는데 말이야, 젊은 친구를 구해야 되겠다 싶어서."

"우리도 그것 때문에 많은 논의를 하고 있다네. 듣자 하니 강 건너에 고립된 채 있다는군. 식량도 떨어져 갈 텐데…… 걱정이 많아."

마음 같아서는 메튜도 발렌을 구출하기 위해 당장 달려가고 싶었으나, 그럴 수 없었다. 영지의 사정이 발목을 잡은 것이다.

"우리가 쓸 수 있는 병력은 50명밖에 안 된다고 들었어. 강 건너에는 기병대가 있다고 하는군."

기병대가 강 너머에 주둔해 있는 이상 넘는 것은 거의 불가능하다는 소리다. 이쪽이 병력의 수가 많으면 어떻게든 돌파할 수 있겠으나, 강물이 불어 물살이 센 것과 병력의 수가 부족한 것이 발목을 잡았다.

메튜는 아들을 구하고 싶어도 구할 수 없다는 사실에 걱정이 많았다.

"그렇다고 가만히 있으면 되겠나? 젊은 친구는 내가 구해 오도록 하지."

"뭔가 방도가 있는 겐가?"

포드의 자신만만한 표정에 메튜의 얼굴이 펴졌다.

"그래, 잠시 기다리게. 내 안내해 줌세."

메튜가 서둘러 그를 이끌고 집무실로 향했다. 집무실 앞으로 온 메튜가 노크를 했다.

"누구시죠?"

"여보, 포드를 데리고 왔소."

"들어오세요."

집무실 문을 열고 들어가니 안에는 벨루나 자작과 엔더크 자작도 함께 있었다. 그들은 일을 잠시 내려놓고 지도를 펼친 채 회의를 하고 있었다. 발렌이 고립된 상황임을 알게 된 순간부터 구출 계획을 세우고 있는 것이다.

"어서 오세요, 공방장님."

"오랜만입니다, 부인."

"그 차림은…… 무슨 일로 오신 거죠?"

"젊은 친구를 구하기 위해서 좀 입어 봤습니다."

포드가 발렌을 구해 주기 위해 무장까지 했다는 말에 감동받은 샤란. 그러나 그녀는 고개를 저었다.

"마음은 감사하지만, 공방장님께서 오실 필요는 없어요. 게다가 아직 구출 작전을 어떻게 진행할지 구체적으로 나온 계획도 없고요."

"계획이 없으면 만들면 되지 않겠습니까!"

벨루나 자작이 고개를 저었다. 포드가 그녀의 말을 이해하지 못한 거라고 생각한 것이다.

"자네와 영주님이 친밀하다는 건 잘 아는 바이네. 의욕은 인정할 만하나, 알레하그라는 현재 우기이네, 공방장. 폭우가 내리고, 진흙으로 가득하며 강 너머에 적들의 기병이 대기하고 있는 상황이야. 어떻게 해서 강을 건넌다 하더라도 공격을 받으면 도망치지도 못하고 전멸할 걸세."

벨루나 자작은 극구 만류했다. 그러나 포드는 자신 있다는 듯 가슴을 텅텅 쳤다.

"걱정하지 말라고, 귀족 나리. 나도 바보는 아니야. 믿는 바 없이 무모하게 갈 생각은 없어. 50명으로도 충분해. 아니, 오히려 과할 정도지."

포드는 자신감 넘치게 큰소리를 내고 있었다. 그가 뭔가 믿는 구석이 있다는 것을 깨닫고 샤란이 물었다.

"방도가 있다는 거죠?"

"물론입니다, 부인."

그게 뭐냐는 듯 바라보는 샤란. 포드가 씩 웃었다.

"연구하고 있던 신무기가 완성되었습니다."

"저, 정말인가요?"

"예, 제가 만든 역대 최고의 걸작이라고 감히 말씀드리겠습니다."

샤란이 반색했다. 포드가 만든 무기는 말 그대로 적에게 공포를 선사하는 무기들이었다. 그가 또다시 새로운 신무기를 만들었다고 하니 기대가 되지 않을 수 없었다.

"기병들은 아무것도 해 보지 못하고 뭐 빠지게 도망가는 신세가 될 겁니다. 하지만 역시 지켜 줄 병력이 필요하긴 합니다. 그 무기들은 기병들이 접근하면 사용할 수 없는 무기이니까요."

마찬가지로 장단점이 있다는 소리였다. 뭐든 장점이 있으면 단점이 있는 법이다.

"예, 먼저 선출했던 50명의 병사들로 하여금 지킬 수 있도록 하겠습니다. 엔더크 자작이 그와 함께 가도록 하세요."

"예, 샤란님! 그리고 앤과 제니를 데리고 가겠습니다."

"그들은 누구죠?"

"제 하녀들입니다."

"전쟁터에 하녀를 데리고 가신다고요?"

"그들은 그냥 하녀가 아닙니다. 한때 메이어 신성 제국의 성기사와 몽크였던 이들입니다. 전력에 큰 도움이 될 겁니다."

성기사와 몽크 출신이라면 확실히 큰 도움이 될 이들이다. 이들이 왜 일개 하녀로 일하고 있는가에 대한 궁금증은 제쳐 두었다. 샤란이 허락한다는 듯 고개를 주억였다.

"공방장님. 그 신무기에 대해 자세히 알려 주세요. 그 신무기로 하여금 작전을 새롭게 짜도록 하죠."

"예, 부인."

*   *   *

발렌은 100명의 병사들을 선출해, 그들을 이끌고 어둠 속을 헤쳐 나갔다. 50명은 발렌이, 나머지 50명은 마덴 자작이 맡기로 하고, 그들은 서로 정반대 방향으로 움직여 적진에 다가가고 있었다.

여전히 비가 추적추적 내리고 있었다. 갑자기 땅이 꺼지

듯 늪이 된 부분도 있었지만, 그들은 장애물을 모두 극복해 올 수 있었다.

"으윽!"

어둠 속을 이동하던 중 마주친 순찰병들을 제거해 나가며 전진하니 어느덧 적 진영이 보였다. 적 진영은 여유로 가득했다. 적은 고립되었고, 갇힌 상태로 아무것도 못 하고 있으니 말이다.

『이거 아주 개판이로구나. 영지전 중에 자기들이 다 이긴 줄 알고 술 마시고 경계 근무를 나오다니 말이야. 얼씨구, 장교로 보이는 녀석까지 병사들과 똑같이 하고 있네?』

리티가 경계를 선 적을 보고 기가 찬 목소리로 웃고 있었다. 이렇게까지 해이한 곳은 난생처음 봤다는 듯한 목소리였다.

'이런 건 처음이세요?'

『처음이지. 군기 다 빠졌던 트라비키아 놈들도 이 정도는 아니었으니까. 어떻게 경계병이 술을 마시고 경계를 설 수 있지? 애초에 전쟁 중에 술은 어떻게 들여 놓고?』

트라비키아 통일 제국은 군기가 해이해지고, 기강이 죽었으며 완전히 썩을 대로 썩었다는 기록이 있다. 한데 그보다 더 심하다고 천 년 전 사람이 말하고 있다. 말은 다한 셈이다.

'오히려 이건 저희에게 기회겠죠?'

『그래. 더 없는 기회지. 술에 취해 이런 빗속에서 퍼질러 자는 녀석도 있구나. 어떤 의미로 대단하다면 대단하군. 녀석들에게 본때를 보여 주자꾸나.』

발렌이 고개를 끄덕이며 팔을 하늘 위로 번쩍 들어 올렸다. 그가 실린더의 버튼을 눌렀다.

콰아아아앙!

발렌이 하늘 위로 조명석을 발사했다. 곧 밤하늘에 다시금 해가 뜬 것처럼 주위가 밝아지기 시작했다. 적진은 갑자기 하늘이 밝아지자 뭔가 하고 하늘을 바라보았다. 동시에 발렌의 뒤에 있던 실린더병들이 전류석을 발사했다.

콰아아앙!

적들에게 날아가는 이비 스톤. 수많은 적들에게 피해를 입혔다. 이런 빗속에서 폭발석은 큰 힘을 발휘하지 못하지만, 반대로 전류석은 큰 힘을 발휘할 수 있었다. 땅에 흐르는 물에 전류가 흐르며 피해를 입히고 있었다. 전류석이 떨어진 곳에 근접한 병사들은 즉사를 하고, 나머지는 화상을 입거나 기절을 하기도 했다. 몇몇은 의식은 있으나 감전되어 움직이지 못하는 듯 신음을 내뱉으며 땅에 엎드려 있었다.

"계속 발사하세요!"

발렌의 외침에 실린더병들이 다시금 발사한다. 갑작스러운 공격에 당황한 센티스 백작의 병사들. 천막 밖으로 나오는 이들도 있었지만, 대다수가 감전이 되면서 땅바닥에 쓰러졌다. 모든 실린더병들이 전류석을 발사하자, 발렌이 소리쳤다.

"후퇴!"

발렌의 후퇴 명령에 병사들이 다시금 되돌아갔다. 적들이 함성을 지르며 반격을 위해 무기를 들고 그들을 쫓았다.

소란을 틈타 발렌과 정반대로 움직인 병력은 센티스 백작의 진영 내로 침투했다. 그 중심에는 마덴 자작이 있었다. 식량 창고에 경계를 서고 있던 병사들을 모두 조용히 처리한 마덴 자작은 창고의 문을 열었다. 당연하게도 식량은 비에 젖지 않게 잘 보관하고 있었다.

"영주님이 적들의 시선을 돌리는 데 성공하셨다. 얼른 옮겨라. 최대한 옮길 수 있는 만큼 옮겨야 한다."

그를 따라온 병사들과 기사들은 고개를 주억이며 식량이 든 자루들을 옮기기 시작했다. 병사들은 최대한 무장을 가볍게 한 채로 온 상태였다. 그들은 자신이 최대한 지고 갈 수 있는 만큼 들고 재빨리 빠져나갔다. 기사들은 말에 식량을 실었다. 그렇게 얼마나 실었을까.

기사 한 명이 마덴 자작에게 보고했다.

"더 이상 옮길 수 없을 것 같습니다."

"그래?"

마덴 자작은 아직 한참 남은 식량을 보고 아쉬운 듯 보였다. 모두 옮길 수 없다는 사실은 잘 알고 있었고, 사람이 들고 갈 수 있는 한계가 있으니 별수 없다고 생각하지만 아깝게 느껴지는 건 어쩔 수 없었다.

"함정을 설치해라."

마덴 자작의 명령에 병사 몇 명이 재빨리 가지고 온 도구를 꺼내 놓았다. 망가진 실린더와 밧줄이 전부다. 이것을 챙겨 온 병사가 식량 창고 내에 실린더를 내려놓고 밧줄을 연결해 간단하게 함정을 설치했다.

설치를 마치자, 마덴 자작은 후퇴 명령을 내렸다. 몇 시간 후에 이 광경을 보고 화를 낼 센티스 백작의 표정을 상상하자 그의 얼굴에 미소가 피어올랐다.

* * *

밖이 소란스럽자, 막사 안에서 잠을 취하고 있던 센티스 백작이 밖으로 나왔다.

"영주님!"

때마침 그의 참모가 이 소란의 원인을 알아내고 그에게

달려오고 있었다. 그가 물었다.

"무슨 일이더냐?"

"적습입니다. 그들이 기습을 가해 병사들이 피해를 입었습니다."

"기습을 가했다고? 마이셀 백작가에서?"

"그렇습니다."

"발렌시아 이놈이 아주 단단히 미쳤구나. 끝까지 발악하겠다는 건가? 늪지대로 변한 곳이 있을 텐데, 그곳을 뚫고 온 것인가?"

정말 어리석은 선택이다. 얌전히 있지 못하고 공격을 감행하다니 말이다.

"피해는?"

"200명이 전사하고, 70명이 중태에 빠져 있습니다."

"피해 규모가 상당하구나. 도대체 병사들이 뭘 하고 있기에 이리 피해가 심하다는 말이더냐."

"그것까지는 잘……."

사실 병사들과 그 간부들이 승리를 확신하며 술판을 벌였다는 얘기는 차마 못하는 참모. 센티스 백작이 분개하는 건 둘째 치고, 이로 인해 내부 조사에 들어가면 그 술을 몰래 들여온 게 자신이란 것을 들킬 것이다. 센티스 백작의 참모는 뒤에서 몰래 그런 식으로 돈을 벌고 있었다.

"그래, 그건 그렇다 치고, 기습을 가한 그들은 어떻게 되었나?"

"현재 병사 700명이 추격중입니다."

그때, 누군가 이들에게 뛰어왔다.

"큰일입니다! 식량 창고를 지키던 병사들이 쓰러져 있는 것이 발견되었습니다."

"뭐라? 식량 창고를 혹 전방에 배치한 것이더냐?"

만약 전방에 배치했다면 문책하려는 생각으로 추궁하듯 물은 센티스 백작. 그러나 병사는 고개를 숙였다.

"식량 창고는 적이 공격한 곳과 정반대 방향에 있습니다. 아무래도 후방으로 몰래 침투한 것 같습니다."

그들의 목적이 식량이었다는 것을 눈치챈 센티스 백작. 그가 소리쳤다.

"어서 안내하거라!"

센티스 백작이 직접 눈으로 확인하겠다는 듯 말하자, 병사가 그를 안내해 주었다.

식량 창고 주위에서는 병사들이 시체를 수습하고 있었다. 누가 오는지도 모른 채 암살을 당하기라도 한 듯 검상이 목에 집중되어 있었다.

"열어 보거라!"

그가 내부를 확인하기 위해 식량 창고를 열어 보라고 하자, 병사들이 다급히 식량 창고를 여는 그 순간이었다.

"철컥! 콰아아아앙!

식량 창고의 문이 열리자 불길이 치솟으며 폭발이 일어났다. 센티스 백작의 옆에 있던 병사들이 그를 보호하기 위해 몸으로 앞을 막았다. 센티스 백작이 믿을 수 없다는 표정으로 병사들을 옆으로 치우며 불타오르고 있는 식량 창고를 멍하니 바라보았다.

"바, 발렌시아……."

멍하니 이 광경을 바라보던 센티스 백작이 이를 갈았다. 그러나 좋지 않은 소식은 여기서 끝이 아니었다. 장교와 몇십 명의 병사들이 온몸에 진흙을 가득 묻힌 채, 그의 앞에 쓰러지듯 무릎을 꿇었다. 장교가 소리쳤다.

"영주님, 적을 추격하던 아군이 늪에 빠져 전멸했습니다! 저희들만 살아 돌아왔습니다."

결국 그가 폭발해 버리고 말았다.

"발렌시아 이 개 같은 녀석이! 미천한 놈이 기만 작전을 펼쳐?! 내 이놈을 용서치 않을 것이다! 모두 전투 준비를 하라! 마이셀 백작을 잡는다!"

"영주님! 너무 위험한 결정……!"

옆에 있던 참모가 말리려고 하는데, 센티스 백작이 그의 팔을 잡았다.

"끄아아아아악!"

그리고 전류가 퍼졌다. 고압의 전류가 참모의 몸에서 퍼지며 빛과 연기가 터져 나온다. 곧 참모가 새까맣게 그을린 채 바닥에 쓰러졌다. 모두가 그 모습을 보고 침을 꼴깍 삼켰다.

"이의 있는 사람은 이렇게 될 것이다. 후퇴하는 자들도 이렇게 될 것이다. 반드시…… 반드시 마이셀 백작을 내 앞에 데리고 와야 할 것이다. 뭣들 하는 것이냐. 어서 움직여라!"

그의 눈이 분노로 타들었다. 병사들이 두려움 가득한 얼굴로 재빨리 움직이기 시작했다.

*　　　*　　　*

포드의 신무기의 활용도를 알고 난 뒤 모든 계획이 갖춰졌다. 고작 50명의 병사들뿐이지만 충분히 발렌을 구출할 수 있다고 판단한 샤란과 엔더크 자작은 즉시 구출 작전을 펼칠 수 있도록 병력을 꾸렸다.

"저도 따라갈래요."

출정 준비를 하고 있는데, 이바나는 어찌 안 것인지 짐 보따리를 가득 싼 채, 포드에게 그리 말했다.

"귀족 아가씨는 왜? 위험하지 않아?"

"공방장의 말이 맞습니다, 미스 엘로이. 굳이 위험을 감수할 필요는 없습니다."

포드는 물론이고 이번에 함께하기로 한 엔더크 남작도 반대했다. 그러나 이바나는 고개를 저었다.

"친구가 위험하다는데 가만히 있기는 싫어서요."

그리고, 라고 말하며 잠시 말을 끊은 그녀가 잠시 후 말을 이었다.

"그 녀석이 너무 무모한 일을 벌이지 않을까 하는 생각도 들어서요."

이바나는 발렌이 혹시 리셋만 믿고 고통을 받고 있는 게 아닐까 하는 생각을 갖고 있었다.

"그래? 걱정해 주는 사람이 이렇게나 많다니, 젊은 친구는 참으로 복이 많구먼."

포드가 껄껄 웃었다. 엔더크 자작은 그녀의 생각을 듣고 잠깐 얼굴에 미소를 드리웠지만, 곧 냉정히 말했다.

"불가능합니다, 미스 엘로이. 미스 엘로이께서는 외부인이십니다. 이 일에 개입한다면 엘로이 가문까지 엮이게 된다는 뜻입니다."

"이미 이비 스톤으로 엮인 것 아닌가요?"

"이바나 님께서 만드신 이비 스톤을 저희가 정당하게 구입하고 있으니 거래 상대라고는 볼 수 있지만, 직접적으로 연관되어 있다고 보기는 어렵습니다."

"정말 안 되나요?"

"예. 어떤 위험이 있을지 모릅니다. 저희의 입장도 생각해 주십시오."

엔더크 자작이 그렇게까지 말하자 이바나도 억지를 부릴 수 없었다.

"알겠어요. 그렇게 할게요. 대신 발렌을 반드시 구출해 주셔야 해요?"

"물론입니다, 미스 엘로이. 꼭 영주님을 구출하겠습니다."

"자, 어서 가자고! 할 일이 잔뜩 있으니까. 걱정하지 마, 귀족 아가씨. 귀족 아가씨의 낭군님은 우리가 구출해서 올 테니까."

"누, 누가 낭군님이라는 거예요! 발렌은 친구에요, 친구!"

이바나가 얼굴이 시뻘게진 채로 소리치자 포드가 더욱 크게 웃었다.

그렇게 포드와 엔더크 자작을 필두로 발렌을 구출할 병력이 알레하그라 평원으로 이동했다.

*　　*　　*

"우와아아아!"

적들이 몰려온다. 식량을 잔뜩 챙겨 돌아온 마덴 자작과 그의 병사들은 쉴 새가 없었다.

"아무래도 센티스 백작이 작정한 모양입니다, 영주님."

"식량을 불태우고, 추격한 병사들까지 함정에 빠뜨려 전멸시켰는데 당연한 일이겠죠."

발렌이 망루 위에서 상황을 지켜보았다. 마덴 자작도 그 옆에서 이를 지켜보고 있었다. 정말 작정을 한 모양인지, 사방에서 공격을 가하고 있었다. 한곳으로 병력을 집중시키지 않는 것을 보면 실린더와 실린건을 의식한 모양이었다.

『센티스 백작이란 자는 정말 능구렁이 같은 사람이 맞느냐? 능구렁이 같은 자들의 특징은 화가 나는 일이 있어도 참고 기다리며 후를 도모하는 건데…….』

'자기가 우월하다고 믿는 사람이니까요. 아마 평민 출신인 제게 속아서 눈이 돌아간 거겠죠.'

『그러하더냐? 하기야, 나와 싸우던 지휘관 몇몇도 그랬었지.』

리티는 그와의 공통점을 찾고 후후 웃었다. 옛일이 떠올랐던 모양이다.

『오늘 내로 이 전투에서 누가 승자인지 가려질 것 같구나.』

리티가 그리 말해 왔다. 발렌이 그에게 물었다.

'누가 승리할 것 같아요?'

『그거야 나도 모르지. 이제 전투가 시작됐는데 그걸 어떻게 아느냐? 아무리 계획을 잘 짰다 하더라도 상황을 전부 봐야 알 수 있는 일이란다. 하지만 지금 상황으로 보면 적들의 피해는 많을지언정, 우리가 패배할 것 같구나. 병사가 200명만 더 있었으면 이겼을 텐데 말이다.』

리티는 지금 돌아가는 상황을 보고 발렌이 불리하다고 판단한 모양이다. 발렌도 마찬가지다. 이비 스톤과 마정석 가루가 충분하다면 어떻게든 막아 볼 수 있을 것 같지만, 그것도 점차 떨어지고 있었다. 빈 박스가 점점 늘어나고 있고, 그 개수도 눈에 띄게 줄어들었다. 아니나 다를까, 지휘관 한 명이 망루 위로 소리쳤다.

"영주님, 이비 스톤과 마정석 가루가 다 떨어졌습니다!"

이제 실린더와 실린건의 도움을 더 이상 받을 수 없을 것 같았다. 발렌이 망루 아래를 내려다보며 물었다.

"화살은요?"

"적들의 화살을 주워서 쓰고 있습니다."

"그럼 계속 주워서 항전하도록 하세요. 실린더병과 실린건병들도 각자 무기를 들고 진영에 합류할 수 있도록 하세요!"

"예, 영주님!"

나무 틈 사이로 실린건을 쏘던 병사들이 각자 전에 쓰던 무기를 들고 진영에 합류한다. 적군은 뭔가에 쫓기듯 계속 밀어붙이려고 하고 있었다.

"뚫어라!"

"막아라! 반드시 막아야 한다!"

서로의 진영에서 다른 명령이 떨어진다. 치열한 전투가 일어나면서 점차 아군의 피해도 속출했다. 발렌이 입술을 깨물었다.

『왜 그러느냐?』

'제 병사들이 피해를 입어서요. 그들이 쓰러지는 걸 보니 화가 나요.'

『전쟁이란 원래 그런 거란다. 죽는 이도 있고, 다치는 이도 있지. 오히려 그게 흔하지 않더냐.』

'평민일 때는 몰랐지만, 영주로 있으니 다른 것 같아요. 저 같은 놈을 지키기 위해 싸우고 있다는 게요.'

내전 당시에는 무거운 짐이 어깨에 올려졌어도 레딘이 대다수 짊어졌다. 그러나 이번에는 오로지 발렌 혼자서 짊어지고 있으니 그 무게가 남달랐다. 그들이 다치는 모습을 보니 이가 갈렸다.

『너의 밑에 있는 병사들은 복을 받은 이들이구나. 자신을 걱정해 주는 영주님도 있으니 말이야.』

리티가 장하다는 듯한 목소리로 그를 격려했다.

『하나 눈을 돌리지는 말거라. 이것이 너에게 큰 깨달음을 줄 테니까. 최악의 상황을 헤쳐 나갈 수 있는 길잡이가 되어 줄 것이다.』

발렌이 고개를 돌려 리티를 바라본다. 매일 보던 완드일 뿐이지만, 나이 지긋한 할아버지가 마치 자애롭게 웃고 있는 듯한 모습이 머릿속에 그려졌다.

『보고, 듣고, 경험하고, 체험하라. 그것이 너의 힘이 될 것이다.』

'잠깐 그 말은…….'

어디선가 들어 본 말에 발렌의 눈이 커졌다. 자신이 아는 바로 그 말을 한 사람은…….

『왜 그러느냐?』

리티가 묻자, 발렌이 고개를 저었다.

'아니에요. 리티의 말에 너무 감명받아서 잠시 멍하니 있었어요. 고마워요, 리티.'

『이 정도로 뭘 고마워 하느냐. 그보다 후방에 좀 변화가 생긴 것 같지 않니?』

리티의 말에 발렌이 고개를 들었다. 옆을 바라보니 마덴 자작이 멍한 얼굴로 후방을 바라보고 있었다. 발렌도 그가 향하는 곳에 시선을 두었다.

"저건……?"

"아군입니다, 영주님! 지원을 보내왔습니다!"

후방에서 몇 십 명의 병력이 적들을 뚫고 오고 있었다. 발렌이 놀란 눈을 할 수밖에 없었다. 강 너머에는 기병대가 대기하고 있고, 그 뒤에는 늪지대까지 있을 텐데, 그것을 모두 뚫고 왔다는 것이 믿기지 않았다.

"엔더크 자작입니다, 영주님!"

선봉에서 싸우고 있는 엔더크 자작. 발렌의 눈이 휘둥그레졌다. 엔더크 자작은 뒤로 물러나지 않고 선봉에 서서 적들의 진형을 붕괴시키고 있었다. 이를 주목하던 마덴 자작이 기쁜 듯 소리치고 있었다. 발렌의 표정도 밝아졌다.

"지원군이다! 4중대는 지원군이 들어올 수 있도록 길을 열어라!"

마덴 자작의 외침에 4중대 인원이 재빨리 길을 만들었다. 적들을 뚫고 들어온 엔더크 자작과 지원군은 목벽 안으로 들어올 수 있었다. 발렌과 마덴 자작이 망루 아래로 내려와 그들을 맞이했다.

"영주님, 무사하십니까?"

"엔더크 자작. 와 주셔서 고마워요. 근데 여긴 어떻게 오셨어요? 오는 게 쉽지 않았을 텐데요?"

"적의 기병대를 모두 작살내고 온 길입니다. 그들을 소탕한 방법이나, 소탕하면서 얻은 정보에 대해서는 나중에 말씀드리도록 하고, 우선 중요한 몇 가지만 보고하겠습니다."

엔더크 자작은 지금 상황이 급박하다고 판단한 듯 보였다. 발렌이 고개를 주억였다.

"이비 스톤과 마정석 가루, 화살 그리고 식량을 가지고 왔습니다."

보급품이 왔다는 소리다. 발렌과 마덴 자작이 더욱 기뻐했다.

"고마워요, 엔더크 자작. 위험을 무릅써 줘서."

"아닙니다. 하나 전장의 상황이 급박하니 제가 몇 개 중대를 지휘해도 되겠습니까?"

"엔더크 자작이 맡아 주신다면야 믿음직스럽죠. 3중대와 4중대의 지휘를 해 주세요."

"알겠습니다, 영주님."

마덴 자작이 50명의 병사들 중 일부를 나누고, 각각 중대에 이비 스톤과 마정석 가루를 보급할 수 있도록 명했다.

다시금 실린더와 실린건을 사용할 수 있을 테니 안심이 되었다.

"너무 분위기가 좋아서 계속 가만히 있었는데 말이야. 나는 작아서 안 보이는 건가, 젊은 친구?"

발렌은 밑에서 들리는 소리에 아래로 시선을 향했다. 그곳에는 포드가 있었다.

"포드 아저씨?!"

엔더크 자작에게 시선을 집중하고 있어 몰랐는데, 발렌의 바로 앞에 포드가 서 있었다.

"껄껄, 이제야 알아보다니. 이거 서운한 걸? 젊은 친구, 안 울고 잘 있었나?"

"포드 아저씨가 여긴 어쩐 일이세요? 그 차림은 뭐고요?"

"젊은 친구도 그 말을 하는구먼. 뭐긴 뭐야. 자네를 구출하러 자원한 거지."

"저를요?"

"자네 가족들과 귀족 아가씨가 얼마나 걱정하고 있는지 아나? 때마침 신무기도 만들어져서 위력도 알아볼 겸 자네의 구출 작전을 펼치기 위해 직접 왔지."

"포드 아저씨, 지금 무기를 실험할 때가 아닌 것 같은데요?"

포드가 아래의 상황을 주시했다. 아군이 고전하고 있는 것이, 전투의 문외한이라도 알 수 있을 정도로 열세로 보였다.

"무슨 소리야. 지금이 딱 좋을 때인데. 내가 개발한 발명품을 한 번 믿어 봐."

포드가 손을 휘젓자 그 뒤에 대기하고 있던 이들이 말을 몰고 자리를 잡았다. 몇몇은 말이 끌고 온 장치를 조립하기 시작했다. 얼추 조립되자 형태가 갖춰졌다. 이를 본 발렌이 멍한 표정으로 손가락으로 그것을 가리켰다.

"이거 설마……."

"대형 실린더야. 내가 이거 만드느라고 얼마나 고생한 줄 알아? 내 최고 걸작이니까 잔뜩 기대해도 좋아."

손목에 차는 소형과 차이점이라고 한다면 대형 실린더는 각도를 조절할 수 있다는 것이다. 장정 두 명이 달라붙어서 힘겹게 조립을 끝마쳤다. 대형 실린더는 사람의 얼굴만 한 구멍이 있었다.

"자, 공격 준비!"

포드가 재차 명령을 내리자, 장정들이 쉴 시간도 없이 다시 바삐 움직인다. 말에 매달고 다닌 상자에 다량의 이비스톤과 마정석 가루가 들어 있었다. 장정들이 구멍 뒤쪽과 연결된 또 다른 구멍에 마정석과 가루를 넣었다.

"한 번 발사하는데 엄청 많이 넣네요?"

"대형 실린더에 딱 들어갈 대형 마정석을 구하는 것도 나쁘지 않겠다고 생각했는데, 그만한 마정석은 자네 영지의 마정성 광산에서 나오지 않는다는군. 다른 곳에서 구하려고 해도 너무 비싸고. 내 회심의 걸작이 돈 낭비가 심한 무기 취급당할 수 없으니 이 정도로 참아야지."

주먹만 한 것이 골드 단위인데, 얼굴만 한 크기의 마정석이라면 상상을 초월하게 될 것이다. 애초에 그런 마정석을 구하기도 힘들고 말이다. 그런데 이 하나의 대형 실린더에 넣은 마정석의 숫자도 감히 무시할 수 없을 정도로 어마어마한 양이기는 하다.

"지금 첫 시연은 이 무기의 최대 위력이 뭔지 보여 줄 뿐이야. 앞으로 실전에서는 예산을 고려해 마정석 가루와 쇠공만 쓸 거야. 그 정도면 효율적이니까."

포드가 대형 실린더의 위로 올라가 그 자리에 앉았다.

"아저씨, 거기에 앉아 있으면 위험하지 않아요?"

"무슨 소리. 내가 만든 게 위험할 리 없잖아."

포드는 자신 있는 얼굴로 웃으며 그 위에 앉아 있다. 발렌은 아무리 봐도 위험해 보였다. 실린더를 사용해도 반동 때문에 팔이 들썩 올라가는데, 이만한 대형 실린더라면 그 정도로 끝나지 않을 거라 생각한 것이다.

포드는 걱정하지 말라며 포신 위에 앉아 주먹을 높이 들었다.

"발사!"

포드가 주먹을 하늘 높이 쳐들며 외치자 뒤에 있던 병사가 버튼을 눌렀다.

콰앙!

굉음과 함께 엄청난 반동이 땅으로 향했다. 지진이라도 일어난 듯 땅이 흔들렸다. 그 위력에 모두가 깜짝 놀라 바닥에 바짝 엎드렸다. 그리고 포신에 앉아 있던 포드가 반동 때문에 땅바닥에 떨어졌다.

"아, 아저씨. 괜찮아요?"

포드를 걱정하며 일으키는 발렌. 포드는 머리에서 피가 나고 있었지만 전혀 신경 쓰지 않고 웃고 있었다.

"으하하하! 이거 정말 걸작인데? 상상 이상으로 대단한 걸 만들어 냈군."

자신이 만든 발명품을 보며 껄껄 웃는 포드. 멀쩡한 그의 모습을 보고 하하 웃다가 발렌은 곧이어 이어진 폭발음에 깜짝 놀랐다.

『이거 굉장하군. 드래곤도 주춤거릴 무기를 만들어 내다니…….』

놀란 것은 리티도 마찬가지였나 보다. 실제로 드래곤이

있던 시대에 살았던 리티가 그리 말하니 얼마나 대단한 무기인지 실감할 수 있었다.

진형을 이루며 몰아치던 적들이 처음 보는 공격에 다수의 사상자가 발생하자 놀라 주춤거렸다. 그것은 아군도 마찬가지다. 갑자기 상상을 초월하는 굉음과 땅울림이 일어나니 다들 싸움도 잊은 모습이었다.

"내가 말했지? 내 회심의 걸작이라고."

정신을 차린 발렌이 포드의 어깨를 잡았다.

"포드 아저씨, 더…… 좀 더 발사해서 지원해 주세요!"

"내 신무기의 위력에 젊은 친구도 반했구먼. 맡겨만 둬. 적들이 꽁지 빠지게 도망치는 모습을 보여 줄 테니까!"

포드가 더욱 신난 듯 몇 개의 대형 실린더를 배치하라고 소리쳤다. 배치된 실린더는 각 방향으로 포구를 향했다.

*　　　*　　　*

날이 밝아 오고 있었다. 밤새도록 계속된 전투는 슬슬 끝나 가는 분위기였다. 아침 해가 뜨자 점차 주위 광경이 눈에 들어오기 시작했다.

"이, 이게 무슨……."

센티스 백작은 믿기지 않는다는 얼굴로 이를 바라보았

다. 수많은 자신의 병사들이 목벽 안으로 들어가 보지도 못한 채 쓰러져 있는 모습이 눈에 들어왔다. 괴멸이라고 밖에는 설명할 말이 없었다.

목벽 안에서는 함성 소리가 들려왔고, 여전히 마이셀 백작가의 깃발이 매달려 있었다.

"여, 영주님, 서둘러 퇴각하셔야 합⋯⋯!"

새로운 참모가 된 지휘관이 그에게 퇴각을 외치는 그 순간이었다. 목벽 안에서 꽝음이 들려온다. 곧이어 하늘에서 수많은 뭔가가 이쪽으로 떨어지기 시작했다.

'돌멩⋯⋯ 이?'

그러나 그것은 평범한 돌멩이가 아니었다.

"영주님!"

병사들과 새로운 참모가 그를 지키기 위해 그를 엎어뜨리고, 몸으로 덮었다.

콰아아아아앙!

폭발이 여기저기서 일어나 병사들을 집어삼켰다. 순식간에 주위가 고요해졌다. 센티스 백작이 죽어서 미동조차 없는 병사들 사이에서 기어 나오며 모든 광경을 바라보았다. 말도 안 될 정도로 처참한 광경에 센티스 백작은 할 말을 잃었다.

자신의 근처에서 폭발이 일어났었는지, 참모의 하체는

사라져 있었고, 정면으로 맞은 병사들은 형체가 제대로 남아 있지 않았다. 모든 것이 이해가 되지 않는 듯 센티스 백작은 혼란스러워하고 있었다.

적들은 어째서 멀쩡하고, 자신은 괴멸을 당한 건지 이해되지 않았다. 그가 몸을 일으키기 위해 자리에서 일어나려고 팔을 뻗는데, 이상함을 느꼈다. 그가 팔을 바라본다. 왼쪽 팔은 멀쩡한데, 오른쪽 팔이 사라져 있었다.

"파, 팔이!"

그제야 고통을 느낀 그가 괴로운 듯 소리쳤다. 한참을 소리치고 있는데, 다수의 기척이 느껴졌다. 그 선두에 발렌이 서 있었다.

"네놈이······!"

센티스 백작이 죽일 듯 그를 바라보았다. 발렌은 그를 적의 가득한 얼굴로 바라보았다.

리셋이 되기 전과는 정반대인 상황. 그러나 차이점이라면 센티스 백작의 병사들 중 살아남은 이가 몇 안 되어 보인다는 것이다. 쓰러진 이들 중에 숨을 쉬고 있는 이가 몇 있었다. 기절한 것 같았다.

"모든 병사들에게 명합니다. 센티스 백작의 병사들 중 생존자를 찾으세요. 그들을 포로로 대우합니다."

발렌은 센티스 백작과 다른 결정을 내렸다. 이미 승리가 확정된 판에 더 이상의 살생은 원치 않았다. 발렌은 차가운 시선으로 센티스 백작을 바라보며 말했다.

"그를 꿇리도록 하세요."

"예, 영주님."

마덴 자작과 엔더크 자작이 앞으로 나와 그를 일으켜 발렌의 앞에 무릎을 꿇게 만들었다.

"아들에 이어 아비도 내게 패배했네? 항복 문서에 서명할 준비는 됐어?"

발렌이 살벌하게 웃으며 센티스 백작을 내려다보고 있었다. 형식상으로 그를 높여 부르던 전의 모습은 온데간데없고, 승자와 패자의 입장으로서만 대하고 있었다. 센티스 백작은 무릎을 꿇은 채 기가 찬 표정을 짓고 있었다. 그 많던 병력들이 전투가 벌어지고 처음부터 끝까지 아무것도 하지 못하고 패배했다는 것이 믿기지 않는 것이다.

'평민 나부랭이 주제에……!'

센티스 백작은 평민 출신이었던 그에게 패배했다는 사실에 이를 아득 갈았다. 고작 이런 녀석에게 항복할 생각은 추호도 없었다. 그런 굴욕을 당할 바에야 차라리 죽음을 택할 것이다.

"나를 포로로 잡는다고 하더라도 내가 항복 문서에 서명을 할 것 같으냐? 고문을 할 테면 하거라. 네가 원하는 대답은 전혀 듣지 못할 것이다. 자, 여기 네가 원하는 내 목이 있다. 얼른 죽여라."

센티스 백작이 목을 편히 벨 수 있도록 쭉 내밀었다. 마덴 자작은 명령만 내려 달라는 듯 그를 바라보았다.

"정말 나한테 항복할 생각은 전혀 없는 거야?"

"네놈한테 항복할 바에야 차라리 죽음을 택하겠다."

그는 끝까지 고집을 부리고 있었다. 딱히 그를 죽일 생각이 없는 발렌이다.

"이렇게까지 하지 않으려고 했는데, 어쩔 수 없네."

그러나 그의 의사가 그렇다니 발렌도 별수 없다는 듯 말한다.

"마덴 자작, 그를 데리고 센티스 백작령에 있는 모든 성으로 향합니다. 차례차례 마이셀 백작가의 깃발을 걸도록 하죠. 출정한 병력의 대다수가 괴멸당하고, 자기들 영주가 사로잡힌 채 목숨의 위협을 받으면 그들도 지레 겁을 먹고 백기를 들고 나오겠죠."

"뭐, 뭣?"

센티스 백작은 죽이는 것이 아니라 그를 끌고 다니며 성을 점령하겠다는 것에 놀라지 않을 수 없었다. 전혀 상상도 못한 일이었다.

"이 명예도 모르는 평민 나부랭이 같으니라고!"

"포로로 잡았던 이들을 학살한 녀석에게 들을 말은 아닌데? 아차, 이거 넌 모르겠구나. 어쨌든 네가 명예를 운운할 입장은 아니라는 소리야. 넌 지금 그 자존심 때문에 큰 실수를 한 거야. 그저 다시는 우리에게 영지전을 걸지 않고, 마정석 광산을 우리 가문의 것이라고 인정한다는 조건만 달려고 한 날 완전히 화나게 했어."

발렌이 싱긋 웃었다.

"난 너처럼 남을 손쉽게 죽이지 않아. 너는 죽음 그 이상의 대가를 치러야 돼. 누구 편하라고 손쉽게 죽이겠어? 우리 어머니께서 당한 정신적 피해와 돌아가신 내 외할아버지와 외숙부의 원한을 어떻게 보상받으라고?"

발렌은 분노하며 그를 노려보았다. 그에게 당해 가문이 몰락한 자신의 어머니, 샤란은 돈 한 푼 없이 낯선 타지를 떠돌아다니며 엄청난 고생을 했다. 귀족으로 살던 그녀가 남에게 구걸을 하면서 생을 연명했을 정도니까. 게다가 질 나쁜 용병에게 걸려 창관에 팔릴 뻔했었다. 그 고통은 발렌이 상상하기에도 결코 만만치 않을 일이다.

"내가 원하는 건 너의 완벽한 몰락이야. 혹시 알아? 나처럼 너의 손자가 가문을 부활시킬지. 아차, 넌 이제 슬하에 자식이 없던가? 대신 딸이 있다고는 들었는데."

"내, 내 가족들을 어쩔 생각이지?"

"남의 가족은 끔찍이도 냉대하면서 자기 가족은 끝까지 챙기려는 거야?"

"어쩔 생각이냐고 물었다!"

"난 네 딸을 건드릴 생각 전혀 없거든? 그것만큼은 안심해도 좋아."

센티스 백작이 다행이라는 듯 안도의 한숨을 내쉬었다. 그러나 그리 오래 가지는 않았다.

"하지만 난 네 가족들을 모두 영지 밖으로 추방시킬 거야. 내가 너의 가족들까지 돌봐 주겠다고 말할 줄 알았어? 나한테 그럴 의무가 있나?"

"이, 이 무뢰배 같은 녀석!"

"무뢰배라니. 말이 너무 심하네. 노예로 팔지 않는 것만으로도 다행으로 여겨야 할 판 아니야?"

영지전에서 패배한 가문의 가족 일원을 노예로 파는 자도 있다는 것을 들었다.

발렌은 그렇게까지 할 생각은 없었다. 그러나 그의 가족을 돌봐 줄 생각도 없었다. 그가 예전 마이셀 가문에 했던 짓은 이보다 더 심하니까.

"네 가족들은 내 알 바야? 내 어머니는 믿는 구석이 있어서 너의 손아귀에서 빠져나와 홀로 떠돌아다니신 줄 알아? 그건 네 가족들 일이지, 내 일이 아니야."

발렌은 단호했다. 샤란에게서 이 얘기를 듣고서 분노했다. 또한 복수를 가슴에 품었다. 지금까지 그 명분이 없던 거였지, 상황이 이렇게 되니 가슴에 품은 복수심을 모두 풀고 싶었다. 그에게 가혹하게 보일지도 모르나, 발렌은 이것 이상으로 복수를 할 수 있었으면 그리 했을 것이다.

"이 명예도, 귀족에 대한 예우도 모르는 녀석 같으니라고! 평민이 귀족이 되어도 진정한 귀족이 되지 못한다는 건 네놈을 두고 하는 말일 것이다!"

"본인이 했던 짓은 생각도 못 하고 자꾸 꽥꽥 소리만 지르네. 마덴 자작, 시끄러우니까 재갈을 물리세요."

"예, 영주님."

"이 개……!"

욕을 내뱉으려는 센티스 백작의 입에 재갈을 물리는 마덴 자작. 발렌이 말에 올라탔다.

"센티스 백작이 항복 문서에 서명하지 않았으니 아직 영지전은 끝나지 않았습니다. 지금부터 센티스 백작을 앞세워 모든 성들을 점령, 우리의 깃발을 걸겠습니다."

발렌의 말에 병사들이 함성을 질렀다. 말을 내뱉을 수 없음에도 웅얼거리듯 소리치는 센티스 백작을 뒤로한 채, 발렌이 더욱 진군했다.

발렌을 구출하기 위해 온 엔더크 자작은 자신의 목적이

변하자 머쓱한 듯 보였다. 엔더크 자작이 발렌의 뒷모습을 바라보았다.

이 얼마 되지 않는 병사들이 그 많은 적을 물리치고, 반격을 가하리라고는 상상도 못해 본 일이었다.

'젊은 친구가 많이 변한 것 같구나.'

뒤에 있던 포드는 그런 생각을 했다. 귀족다워졌다고 해야 할지, 지휘관 같아졌다고 할지.

그가 아는 발렌은 이렇게까지 나올 사람이 아니었다. 자비 없는 모습이었다. 이번에 전투를 치르고 고초를 겪으면서 심경의 변화가 있었다는 것을 대강 눈치챌 수 있었다. 그것이 무엇인지는 모르지만, 분명 발렌을 변화시켜 놓은 것만은 사실이다.

'젊은 친구가 더는 망가지지 않았으면 좋겠는데…….'

이런저런 악재를 겪고, 그것을 모두 헤쳐 나왔다는 것은 들어서 알고 있지만, 점점 변하는 발렌을 보며 걱정을 하지 않을 수 없었다. 나중에 무슨 일을 벌일지 몰라 더욱 불안했다.

'걱정하지 않아도 되겠지. 그의 옆에는 항상 충신들이 있으니까.'

그를 진심으로 생각하는 충신들은 항상 곁에 있다. 그들만이 아니라 그와 친분이 두터운 귀족 아가씨도 발렌을 많이 아끼고 있다.

혹시 엇나간다 하더라도 그녀가 발렌을 잘 말려 줄 것이라 생각하며 포드는 걱정을 접기로 했다.

〈다음 권에 계속〉

ORIGINAL FANTASY STORY & ADVENTURE

태선 판타지 장편소설

신수의 주인

매력적인 세계관을 가진 작가 태선의
『여신 시리즈』 마지막을 장식할 또 하나의 유니크한 소

과연 그녀는 '파혼검'을 만들어 내기에서 승리하고
그녀가 원하는 삶을 쟁취할 수 있을 것인가?

dream
books
드림북스